Nyla
닐라

이 책을 지구상에서 사라져 가는
모든 생명들에게 바칩니다.

신비로운 곳	006
눈표범	014
코알라	036
붉은바다거북	057
남부세띠아르마딜로	077
케아	089
바키타	108
흔들림	126
가시덤불독사	134
말레이호랑이	156
리머 여우원숭이	175
인간에게 남은 기회	204
에필로그	213

작가의 말

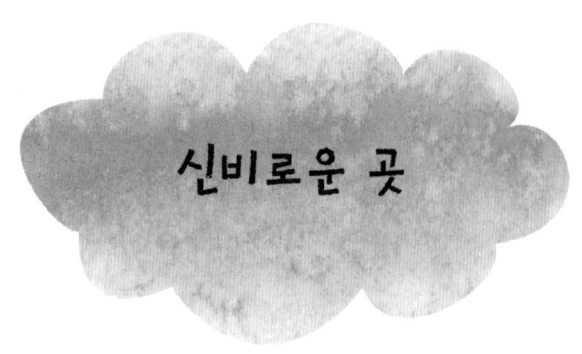

신비로운 곳

닐라 비비안[Nyla Vivian]. 그것이 그녀의 이름이다. 그녀가 스위스에서 살고 있는 네 개의 언어(독일어, 이탈리아어, 프랑스어, 레토르망스어)가 공존하기 때문에, 지역마다 '닐라 비비안'이라는 이름의 발음이 조금씩 달라졌다. -예를 들어 '니엘라 비비안'이라든지- 그녀는 금발의 긴 곱슬머리에 연한 녹색 눈동자를 가졌다. 닐라의 눈동자는 정말 아름답다. 닐라는 스물여섯이며 스위스의 어느 지역에 있는 한 대학에서 생물학을 전공하였다. 그녀는 생물 연구원이 되기를 갈망하였으나, 매번 시험에서 떨어지고 말았다. 하지만 그녀는 지금도 그 꿈을 놓지 못해서 시험을 준비 중이다.

닐라는 돈벌이를 구하다가 자신이 살고 있는 몽트뢰 근처의 작은 도시인 브베의 동물원에서 일을 하고 있다. 그 동물원의 이름은 '페티[Petit] 동물원'이다. 여기서 'Petit'란 프랑스어로 '작은'을 뜻한다. 이름을 보면 알 수 있다. 페티 동물원은 다른 지역의 동물원보다 작았다. 하지만 브베에는 동물원이 이곳밖에 없었기 때문에 사람들이 꽤 많이 방문하였다.

닐라는 그곳에서 길거리를 청소하는 것이 주된 업무였다. 돈을 구하기 위한 잠깐의 일자리였기 때문이다. 이곳에서 버는 돈으로 다음 시험을 대비하기에는 부족하지 않았다. 그렇다고 여유롭다는 말은 아니다. 닐라는 길에 지저분하게 흩어져 있는 낙엽들을 나무 빗자루로 쓸면서, 동물들의 하루를 지켜보거나 그들의 그림을 그렸다. 그리고 집에 돌아와서 간단한 저녁 식사를 하고는 시험공부를 했다.

그렇게 하루하루를 보냈다.

너무나 반복적인 일상이었다.

오늘도 닐라는 쇠 빗자루를 한 손에 쥐고 다른 한 손에는 노트와 잘 깎여진 연필 한 자루를 들고, 예쁘장한 동물원의 길로 나왔다. 갈색의 낙엽들이 여기저기서 뒹굴고 있었다. 바람이 많이 불었다면 일이 더 힘들었을 거다. 모았던 낙엽이 다 흩어져 버리니까.

오늘의 날씨는 나쁘지 않았다. 푸르른 하늘이 그녀를 맞이해 주었다. 따스한 햇볕이 들었다. 그녀는 아무 말도 없이 바닥을 쓸었다. 주위에서 그녀의 빗자루질 소리만 적막하게 들려왔다.

닐라는 다마사슴[Fallow Deer/학명: Dama Dama]의 사육장 근처를 쓸었다. 연한 갈색과 흰색 털을 가진 사슴들이 반짝이는 두 눈으로 그녀를 빤히 응시하고 있었다. 닐라는 빗자루질을 잠시 멈추고 크고 아름다운 뿔을 가진 수사슴을 말없이 바라보았다. 그는 혼자서 여러 사슴을 지위하고 있었다. 녀석이 우두머리인가 보다. 그녀는 잠시 나무 벤치에 앉아서 노트를 펼쳤다. 그리고 가볍게 그 수사슴의 형체를 그렸다. 닐라는 그 스케치가 마음에 드는지 고개를 살짝 끄덕이고, 남은 윤곽과 디테일을 그리기 시작하였다. 잠시 후 고개를 들었을 땐 아름다운 사슴의 그림이 나타나 있었다. 그녀의 그림은 섬세하고 아름다웠다. 연필로만 그린 그림이었지만 특징이 잘 나타나 있었다. 닐라는 바지 뒷주머니에 노트와 연필을 넣어두고 다시 일을 시작하였다.

시간이 지났다. 점차 방문객들이 보이기 시작했다. 대부분의 손님은 커플이거나 아이가 있는 가족이었다. 닐라는 한 손에 풍선을 고이 쥐고 있는 흑인 여자아이를 보며 미소를 살짝 지었다. 아이는 예쁘장한 얼굴을 가지고 그녀의 엄마를 바라보고 있었다. 그녀의 엄마는 소녀의 곱슬머리를 빳빳이 들어 올려서 깔끔한 포니테일로 묶었다. 그 흑인 소녀는 만족스럽다는 듯한 표정으로 그녀의 부모에게 중얼거렸지만, 닐라의 귀에는 들리지는 않았다.

닐라는 점차 사람들이 붐비는 것을 느꼈다. 그녀는 빗자루를 들고 돌아다니며 여기저기를 쓸었다. 그러던 중에 녹슨 초록색 철문이 그녀의 눈에 띄었다. 그 철문은 부유한 사람들이 살고 있는 거리에 있을 법한 형식의 문이었다. 닐라는 그 문에 다가가 보았다. 이곳을 지나가거나 들어가는 사람은 없는 듯하였다. 아주 오래된 것 같았다. 초록색 철문에는 분홍색과 자주색, 보라색 꽃을 피운 넝쿨 식물이 자리 잡고 있었다. 그 식물은 '스위트피'라고 불리는 아름다운 넝쿨이다. 꽃향기도 정말 좋다. 이 넝쿨이 이런 오래된 문에서 자란다는 것은 꽤 드문 사례였다. 닐라는 쇠 빗자루를 옆 나무에 기대어 세워두고, 문의 손잡이를 당겼다. 그 문에서는 기분 나쁜 소리가 들렸다. 문 안쪽은 음산한 기운이 맴돌았지만, 호기심이 두려움을 이겨버렸다.

  닐라는 한 발자국씩 천천히 내부로 들어섰다. 여전히 깜깜했지만, 더 안쪽으로 들어가고 싶다는 생각이 마음 한곳에서 요동쳤다. 그녀는 조금씩 들어가 보았다. 오래된 바로크식 탁자 위에 고급스러운 느낌을 물신, 풍기는 꽃병이 놓여있었다. 꽃병에 담긴 꽃은 없었다. 그녀는 내부를 유심히 둘러보았다. 금빛 테두리를 가진 커다란 액자 속에 있는 검은 고양이가 그녀의 눈길을 끌었다. 그 고양이는 짙고 붉은 눈동자를 가지고 있어서 더욱 매력적이었다. 닐라는 손끝으로 액자 테두리를 쓸다가 고양이 그림을 쓰다듬었다. 그러자 밝은 빛이 액자 속에서 뿜어져 나오며 검은 고양이가 밖으로 튀어나왔다. 닐라는 놀라움에 주춤거리며 뒤로 물러났다. 붉은 눈을 가진 고양이가 그녀에게 가르랑거

신비로운 곳   09

리며 다가왔다. 닐라는 당혹함을 감추지 못한 채 벙어리처럼 아무 말도 하지 못했다. 암고양이는 꼬리를 꼿꼿이 세우며 매혹적으로 움직였다. 그녀는 닐라의 다리에 머리를 박았다. 닐라는 고양이의 매끄러운 털을 쓰다듬었다.

"당신을 기다리고 있었어요."

닐라는 입을 쩍 벌렸다. 고양이가 인간의 언어를 하다니. 믿을 수가 없었다. 그녀가 액자에서 나타난 것도 믿을 수 없다. 닐라는 바닥에 주저앉아 버리고 말았다. 검은 고양이는 작게 웃었다.

닐라는 떨리는 목소리로 말했다.

"나를 기다렸다고? 넌 누군데?"

그녀는 닐라의 주위를 빙글빙글 돌아다니며 입을 열었다.

"나만이 기다린 것은 아니에요. 지구에서 존재하는 모든 생명체가 뜻을 모았어요. 난 그 뜻을 전하려는 것뿐이고요."

닐라가 입을 열어 질문하려고 하자 그 암고양이가 앞발을 그녀의 입술 위에 얹으며 말을 이었다. 그 바람에 닐라는 아무 말도 하지 못하였다.

"내 소개를 할게요. 나는 가넷[Garnet]입니다. 당신은 닐라 비비안, 맞죠?"

닐라는 어안이 벙벙한 채로 고개만 살며시 끄덕였다.

그러자 가넷의 표정에서 웃음기가 사라졌다.

"지금 지구는 무척이나 위태로운 상태예요. 온도가 빠르게 상승하고 있으며, 지구를 보호하고 있는 대기층은 점점 뚫리고 있어요. 대기층이 뚫리게 되면서 태양의 뜨거운 열기가 지구로 들어오는 중이죠. 또한 생태계의 환경도 오염되었죠. 플라스틱이나 비닐 같은 쓰레기들 때문에요. 그 때문에 우리 생물체들은 고통받고 있어요. 우리가 고통받을수록 지구상의 동물들이 멸종 위기에 처하거나 멸종 되어가요. 인간들은 이 위기를 바로 잡아야 해요. 우리가 사라진다면 인간들도 금방 사라질 겁니다.

우리에게는 이 위기를 이겨내도록 도와줄 인간이 필요했어요. 그래서 인간을 제외한 저와 지구상의 모든 생명체가 한 인간을 선택했어요. 그게 바로 닐라 비비안. 당신입니다. 당신은 이제 우리를 도와야 해요. 이해했죠?"

가넷이 한 말이 대체 무슨 소리인지, 닐라는 눈만 깜박였다. 그녀 자신이 멸종 위기에 처한 동물을 돕고 지구와 생물체를 위기에서 구해주어야 한다고? 닐라는 그저 암고양이를 빤히 바라보았다. 이 일을 수행할 자신도 나지 않았고 두려웠으며, 이 상황이 그저 환상인 듯하였다.

"닐라, 당신이 믿지 못할 거라는 것도 힘겹고 두려울 거란 것도 알아요. 또 혼란스럽겠죠. 하지만 당신은 선택받은 인간이에요. 그러니 해야만 해요."

그녀의 목소리는 다정하였으나 단호함이 숨어있었다.

"나, 나는……. 못 할 거야. 아니 못 하겠다고. 이 상황도 믿어지지가 않아. 이만, 가봐야겠어. 그냥 내가 헛것을 보았다고 믿을래."

신비로운 곳

닐라가 떨리는 목소리로 말하며 자리에서 일어났다. 그러자 가넷이 가볍게 뛰어와서 그녀의 앞을 가로막았다.

"당신이 없으면 우리가 살 곳을 잃어요. 우리는 닐라가 필요해요."

그녀의 목소리는 날카로웠다.

"이건 나만의 결정이 아니라 모두의 결정이에요, 닐라. 우린 당신이 정말 필요하다고요."

가넷의 목소리가 한층 더 누그러졌다.

"하지만……. 내가 어떻게 해야 하는데? 나는 그 방법을 몰라."

가넷이 가르랑거렸다. 그녀의 털에서 윤기가 흘렀다.

"내가 알려줄게요."

닐라는 고개를 끄덕였다. 그러나 걱정에서 빠져나오기는 힘들었다. 그녀는 멸종 위기 동물을 도와본 적이 단 한 번도 없었다. 무엇이 멸종 위기 동물인지는 연구와 공부를 통해 알고 있었지만, 실제로 그들을 만나기란 정말 어려웠다.

큰 한숨을 내쉬며 마음을 다잡았다. 가넷을 돕기로 결정했다. 가넷의 말이 설득되기도 하였고, 자신이 이 일을 하지 않았다가는 지구와 생명체에게 큰 악영향을 끼칠 것 같아서였다. 또 후회할 것 같았다. 닐라는 눈을 천천히 감았다. 그리고 심호흡을 한 뒤에 다시 눈을 떴다.

"알겠어. 너의 뜻대로 해볼게."

검은 고양이는 기쁜 듯이 그르렁거리며 그녀의 손에 온몸을 비볐다. 닐라는 가넷의 털을 만져주었다.

    그러면서도 걱정을 떨칠 수는 없었다. 아직도 꿈속에 있는 것만 같았다. 닐라는 자신을 빤히 바라보는 가넷과 눈을 마주치며 희미한 미소를 지었다.

눈표범

가넷은 그녀에게 다가왔다.

"이제 시작해 봐요. 나와 이마를 맞대면 장소가 달라질 겁니다. 그곳에서 우리를 지켜주세요."

닐라는 침을 삼켰다. 목구멍이 바짝 말라서 그런지 잘 넘어가지 않았다. 가넷의 붉은 눈을 바라보자, 자신이 빨려 들어갈 것만 같았다. 그녀는 고개를 저어서 정신을 차리고, 가넷의 이마를 그녀 자신의 이마와 조심히 맞대었다. 그러자 차가운 바람이 그녀의 곁에서 불더니 다양한 풍경들이 어지럽게 그녀를 지나치며 지나가다, 한 풍경이 닐라의 시야에 들어왔다.

그 풍경은 눈이 가득했다. 그녀의 위치가 어느 고산지대의 건물 안으로 바뀌었다. 닐라는 그녀 자신의 모습을 내려다보았다. 두꺼운 털옷을 겹겹이 입고 있었으며 가죽 털부츠를 신고 있었다. 또한 털모자로 얼굴을 감싸고 따스한 장갑을 끼고 있었다.

닐라는 주위를 둘러보았다. 갑자기 바뀐 환경 탓에 멀미가 나는지 속이 매스꺼웠다. 그녀는 아무것도 없는 풀숲에 들어갔다. 속이 뒤틀리는 것 같았다. 그녀는 나무에 기대어 몸을 숙였다. 토가 나왔다. 닐라는 속을 게워낸 후 입 주변을 닦을 만한 것을 찾기 위해 두리번거렸다. 입 주변이 찝찝했다. 하지만 주변에는 눈밖에 보이지 않았다. 닐라는 장갑을 벗어 바닥에 내려놓고 새하얀 눈을 한 덩이 집었다. 차가웠다. 그녀는 잠시 망설였다. 눈으로 입을 닦자니 썩 내키지 않았다. 하지만 너무 찝찝했다. 결국 닐라는 눈 덩어리를 입가에 살살 문질렀다. 눈이 그녀의 체온 때문에 녹으면서 물로 변했다. 찝찝함이 덜했다. 그녀는 손에 묻은 물과 눈송이들을 털어냈다. 그녀의 손에 맺혀있던 물방울이 온 곳에 튀었다.

닐라는 토사물을 어떻게 처리할지 고민하다가 눈을 손으로 퍼와서 덮었다. 반짝이는 눈이 토사물을 덮어주었다. 그리고 나서 바닥에 떨어져 있는 장갑을 겨드랑이에 꼈다. 아직 손에 물기가 마르지 않았다.

그녀는 뒤를 돌아 처음 왔던 곳으로 되돌아갔다. 손이 시렸다.

그녀는 하얀 벽에 걸려있는 안내판을 발견했다. 이곳은 히말라야산맥의 한 동물 구조센터였다. 자신이 살고 있던 나라에 위치하여 있으니 조금은 다행이라는 안도감이 들었다.

　그녀는 힘차게 보호소의 문을 열고 들어섰다. 아무도 없었다. 그녀는 주변을 살피며 닐라는 복도에 있는 가죽 의자에 걸터앉아 창밖을 바라보았다. 유리창에 작은 눈 결정들이 옹기종기 모여 붙어있다. 아름답게 빛나는 결정체들의 모양은 비슷해 보였지만, 각각 달랐다. 꽃처럼 생긴 것. 불가사리처럼 생긴 것. 각이 져 있는 것. 눈 결정이 어떻게 생기는 것인지 궁금했다.

　닐라는 더 먼 곳에 초점을 맞췄다. 새하얀 눈이 아름답게 쌓여 있었다. 히말라야산맥은 사진으로만 보았지 실제로 와본 적은 단 한 번도 없었다. 닐라는 가벼운 탄성을 입 밖으로 내보냈다. 나무의 초록빛은 거의 다 눈에 묻어있었고 모든 것이 새하얗다. 하늘을 뚫을 것처럼 높은 산맥이었다. 나무에 쌓여있는 눈들이 반짝였다.

　그녀가 넋을 놓고 창문 바깥 풍경만 바라보고 있을 때, 누군가 그녀에게 다가왔다. 닐라는 인기척에 놀라서 고개를 돌려 뒤를 보았다. 키가 크고 중년은 되어 보이는 갈색 머리를 가진 여성이었다. 그 여성도 닐라와 비슷하게 온몸에 털옷을 감싸서 체온을 유지하고 있었다. 그녀는 반갑게 웃으며 닐라에게 다가왔다. 닐라는 그녀와 이곳에 대해 아는 게 없었기에 살며시 미소를 지을 수밖에 없었다. 그녀는 닐라에게 따라오라고 손짓했다. 닐라는 자리에서 일어나 여성을 따라 작은 방으로 들어갔다. 그녀가 들어간 방은 휴게실인 것 같았다. 작은 커피포트와 종이컵, 티 팩,

둥근 데스크. 낡은 천으로 된 소파까지. 최소한 휴식에 필요한 것들은 갖추어져 있었다. 중년의 여성이 그녀에게 물었다.

"반가워요. 닐라 비비안 맞나요? 커피와 티 중에서 뭘 드실래요?"

닐라는 커피를 마신다고 대답하였다. 그녀는 카페인이 무척 필요했다. 아직 하루의 반도 지나지 않았지만, 무척 피곤했다.

"그래요. 히말라야에서 마시는 커피는 정말 환상적이니까요."

여성은 가볍게 웃었다. 그녀는 닐라의 맞은 편에 작은 의자를 가져와 앉았다.

"오늘도 할 일이 많을 거예요. 그러니 몸을 풀어두는 것을 추천해요. 산을 타야 할 겁니다."

닐라는 여성의 말에 어안이 벙벙해졌다. 산을 타야 한다니. 그녀는 등산을 해본 경험이 적었다. 겨우 트레킹이 전부였다.

여성은 격식을 갖추어 커피를 마셨다. 닐라는 여성이 데스크에 올려둔 자료들을 눈으로 훑어보았다. 거기에는 여성의 이름으로 보이는 글씨가 적혀있었다. 크리스 헤이워드[Chris Hayworth]. 닐라는 확인하기 위해서 그녀의 이름을 불러보았다.

"헤이워드. 우리가 왜 산을 타러 가나요? 기억이 안 나서 설명 좀 해주실 수 있을까요?"

그녀는 자료를 닐라에게 보여주며 말했다.

"오, 비비안. 우리는 눈표범[Snow Leopard/학명: Panthera Uncia]의 개체수를 확인하러 갈 거예요. 전에 눈표범들에게 붙여두었던 열일곱 개의 위치 추적기를 찾아서 녀석들의 건강 상태를 확인하는 건 중요하니까요."

자료에는 위치 추적기를 부착한 눈표범들의 설명이 쓰여있었고, 오늘 함께 탐사를 나갈 장소와 팀원 둘의 이름이 더 쓰여있었다. 그들의 이름은 톰 루카스[Tom Lucas]와 사무엘 마테오[Samuel Mateo]였다. 닐라는 헤이워드에게 다시 질문하였다.

"언제 출발하나요?"

"20분 정도 남았군요. 휴식을 취하셔도 되고 준비운동을 하셔도 돼요. 아무거나 상관없죠."

닐라는 고개를 끄덕여 응답하고 자리에서 일어났다. 몸을 풀지 않고 밖으로 나간다면 동상에 걸릴 것이 뻔하였다. 그녀는 무거운 몸을 움직여서 자연스러워지도록 노력했다. 추웠지만 두꺼운 옷 탓에 땀이 났다. 닐라는 운동을 멈추고 커피를 한 모금 마셨다. 뒤틀렸던 속이 조금은 풀린다는 생각이 들었다.

몇 분 뒤, 중년 남성 한 명과 닐라와 비슷한 나이대로 보이는 남성 한 명이 그들이 있는 휴게실로 들어왔다. 중년 남성의 머리카락에는 흰머리가 많이 보였다. 다른 한 명은 환칠한 키에 푸른 눈동자를 가지고 있었다.

헤이워드는 그들을 웃는 얼굴로 반겼다.

"반가워요. 다들 오랜만이군요. 그동안 어디 계셨어요?"

그녀의 물음에 중년 남성이 대답했다.

"이리저리 돌아다니며 특이한 동물들을 관찰했어요. 한번 보실래요?"

그는 휴대전화 속 동물들의 모습을 보여주었다. 그의 말대로 닐라가 난생처음 보는 동물의 모습도 있었다. 그러던 중, 젊은 남성이 그녀를 보며 입을 열었다.

"우리 초면이죠? 나는 사무엘 마테오입니다. 이름이 뭐예요?"

그가 손을 건넸다.

닐라는 그와 악수를 하며 대답하였다.

"반가워요, 마테오. 난 닐라 비비안이에요."

헤이워드가 자리에서 일어나며 큰 소리로 말했다.

"오늘 할 일은 다들 아시죠? 제가 공지한 대로 우리는 눈표범을 보러 갈 겁니다. 산악 장비를 잘 챙기셔야 해요. 응급 상자도 챙겨야 하고요."

닐라는 자주색 배낭에 물과 간단한 식량, 응급 상자를 넣고 긴 밧줄과 알루미늄 카라비너-'스프링 갈고리'라는 뜻의 독일어 표현-를 배낭 앞부분에 걸었다. 그녀는 배낭을 등에 메었다. 산을 오르다가 떨어지는 사고가 발생하더라도 배낭이 등을 보호해 줄 수 있을 것이다.

루카스는 휴게실을 나가며 말했다.

"이제 출발합시다. 시간이 많이 지체되었습니다. 오늘 안에 임무를 완성해야 합니다."

나갈 준비를 하던 사람들은 그를 따라 밖으로 걸러나갔다.

다행하게도 눈이 세차게 불어오지는 않았다. 산을 오르기에 적합한 날씨였다.

그들은 무릎까지 올라오는 눈밭을 헤쳐 나가며 산을 올랐다. 닐라는 높이 쌓인 눈 때문에 힘들었지만, 다른 사람들은 익숙한지 콧노래까지 불렀다. 그녀는 천천히 그들을 뒤따라갔다. 그러나 그들의 속도는 너무 빨랐다. 닐라는 앞서가는 사람들과 걸음을 맞추기 위해서 평소보다 큰 보폭으로 걸었다. 거의 그들을 뒤따라 잡자, 마테오가 고개를 돌아보았다.

"비비안, 벌써 여기까지 왔어요? 좀 전에는 저 뒤에서 오던 것 같았는데. 빨리 왔네요."

그의 말투는 장난스러웠다.

"칭찬이죠? 제가 왕년에 운동을 열심히 했답니다. 예전 일이긴 하지만요."

마테오가 소리 내어 웃자, 그녀도 웃었다.

"눈표범을 봐본 적 있어요?"

그녀는 고개를 저었다.

"나는 본 적이 없어요. 오늘 보게 된다면 그게 처음이겠죠. 당신은요?"

그는 바위를 오르며 대답했다.

"저는 예전에 한 번 본 적이 있어요. 어릴 때였죠. 부모님과 동물원에 갔었어요. 그때 처음 보았죠. 나는 그 하얗고 신비한 생물을 잊을 수가 없었어요. 그런데 이들이 멸종 위기종이 되었다는 소식이 들렸어요. 저는 그 신비한 생불을 자칫하면 평생 볼 수 없을지도 모른다는 생각에 이곳에서 봉사하겠다고 지원한 겁니다."

그녀는 마테오의 이야기에 고개를 끄덕였다.

"멋지네요."

"멋진가요?"

마테오가 되물었다. 닐라는 고개를 끄덕여서 답하였다.

그들은 다시 집중에서 산을 올랐다. 이제부터는 위험한 산악 지대가 나타나서 주의해야 한다. 높고 날카로운 암석들이 그들을 반기고 있었다. 그녀는 밧줄과 카라비너를 이용하여 자신의 몸을 커다란 암석에 연결시켰다. 밧줄이 닐라의 몸을 지탱하면서 그녀가 아래로 떨어지지 않도록 고정해 주었다. 그녀는 루카스가 등반하는 모습을 유심히 지켜본 뒤에, 손과 발을 이용하여 등반을 시작했다. 닐라가 틈 사이에 손을 넣었을 때 그 틈에 금이 가며 부서졌다. 닐라는 작은 비명을 지르며, 서둘러서 위쪽에 튀어나온 돌을 움켜잡았다. 두려움에 온몸이 벌벌 떨렸다. 아래가 보이자 더 무서웠다.

"비비안! 무슨 일이에요?"

헤이워드가 위에서 그녀를 내려다보며 외쳤다.

"괜찮아요. 돌이 부서져서 조금 놀랐을 뿐이에요."

닐라는 한숨을 내쉬었다.

"조심해요. 우린 아직 갈 길이 멀어요. 벌써 다치면 안 되죠."

그녀는 다시 등반을 시작하였다. 위로 올라갈수록 기온이 낮아졌다. 닐라는 이를 딱딱거리며 그들을 뒤따랐다.

그때, 가파른 곳이 나타났다. 끝부분이 뾰족하게 튀어나와 있었다. 그곳은 벽과 벽의 커다란 틈 사이로 몸을 비집고 들어가야만 위로 올라갈 수 있었다. 닐라가 지나가긴 힘들어 보였다.

루카스가 외쳤다.

"여긴 조심해야겠어요. 자칫 잘못하면 위험해지겠네요."

닐라는 그들 중에서 세 번째로 틈 사이를 통과하였다. 다리가 후들거렸다. 암벽은 너무 미끄러웠다. 발이 계속 미끄러지고 딱딱한 암벽에 몸을 부딪쳤지만 무시하고 지나쳤다.

"모두 잘하셨네요. 이제 곧 작은 평지에 도착할 겁니다. 조금만 더 힘내보죠."

헤이워드가 사람들에게 응원을 해주었다. 사람들은 짧게 대답했다.

그들은 서로를 도우며 올라갔다. 마침내 그들은 평지에 도착했다. 기쁨도 잠시, 닐라는 숨을 쉬기 어려워서 허리를 숙이고 손으로 무릎을 짚어 서 있기 위해 노력하며 헉헉거렸다.

"헤이워드, 숨을 쉬기가 너무 힘들어요."

그녀는 비틀거리는 닐라를 보고 배낭에서 응급 상자를 꺼내며 설명하였다.

"아마 고산병 때문일 겁니다. 산소 호흡기 드릴게요. 편하게, 편하게 숨을 들이마시고 내쉬면 됩니다. 그렇지. 잘하고 있어요. 편하게 앉아서 해요. 이렇게 높은 곳은 거의 안 와봤죠? 저도 처음에는 그랬어요. 자, 이제 한결 났죠?"

닐라는 고개를 끄덕여서 헤이워드의 말에 동의했다. 호흡기를 마스크처럼 입가에 갖다 댔다. 호흡기를 통해서 그녀의 입으로 산소가 들어왔다. 호흡기를 사용하여 숨을 쉬니 어지러움과 숨이 차는 것이 나아졌다.

헤이워드가 웃음을 지었다.

"조금만 쉬었다 가요. 다들 힘들어 보이네요."

루카스가 자리에 앉자 마테오도 그의 옆에 앉았다. 닐라는 주위의 풍경을 둘러보았다. 아름다웠다. 크고 뾰족한 나무들에게 하얀 옷이 입혀져 있었다. 나무들은 쌓여있는 눈이 무거운지 옆으로 치우쳐 있었다. 눈 결정이 하늘에서 가볍게 내려왔다. 그녀와 동료들의 모자에 눈송이가 흩뿌려졌다. 산새들이 가늘고 맑은 소리로 노래를 불렀다. 아마 나무 위를 오가며 자신들의 언어로 대화를 하고 있을 거라고 생각했다.

닐라가 아름다운 풍경에 심취해 있을 때, 헤이워드가 루카스에게 말을 걸었다. 얼굴이 좋아 보이지 않았다.

"루카스, 지난번처럼 슬프진 않았으면 좋겠어요. 우리 그때 마음고생을 했잖아요."

그녀의 말에 그는 다정하게 대답하였다.

"우리가 힘든 경험을 겪었다는 걸 압니다. 하지만 자연의 섭리는 우리가 바꾸기 힘들어요. 그럴 수도 없고요. 그렇다는 것을 누구보다 잘 아시잖아요. 이번에는 그런 일이 없길 행운을 빌어야죠."

닐라는 헤이워드에게 다가가서 묻고 싶었다. 그러나 굳이 묻지 않고 다시 새들이 노래를 부르는 곳으로 고개를 돌렸다.

"이제 다시 일어날까요?"

루카스가 바지에 붙은 눈들을 털어내며 일어났다.

"조금만 더 가면 그들의 서식지가 나와요. 북쪽으로 400미터 정도의 거리입니다. 그러니 서두르죠."

루카스가 말을 이었다.

닐라는 고개를 살짝 끄덕여 대답했다. 몸도 편안해졌으니 남은 거리까지는 더욱 수월하게 갈 수 있었다.

그들은 나침반을 보며 북쪽으로 나아갔다. 나침반의 침이 빠르게 흔들렸다. 그러다가 침이 북쪽을 가리켰다.

작게 쪼개진 자갈들이 바닥에서 나뒹굴고 있었다. 예쁘게 쪼개진 돌도 몇몇은 있었다. 닐라는 허리를 숙여 평평한 돌을 하나 주웠다. 표면이 매끄러웠고 사선의 옅은 무늬가 있다. 눈표범을 발견했을 때 그들의 모습을 그려놓고 싶었다. 그녀는 그 돌을 주머니에 집어넣었다.

오랫동안 걸으니 종아리가 아팠다. 평소에는 산을 탈 일도 오래 걸을 필요도 없으니까. 닐라는 힘겹게 다리를 움직였다. 차라리 빠르게 목적지에 도착하고 싶었다.

얼마 후, 헤이워드가 말했다.

"서식지에 도착했어요. 이제부터는 조심히 다녀야 합니다. 우리가 눈표범들을 발견하기 전에 그 녀석들이 우릴 먼저 발견할 수도 있어요."

그들은 고개를 끄덕였다. 닐라는 마른침을 삼켰다. 이곳은 동물원이 아니다. 그들은 유리창이 아니라 자신들의 앞에서 있게 될 것이다. 그러니 경계를 늦추면 안 됐다.

그녀의 불안한 표정을 보았는지 중년의 여성은 다정하게 웃으며 말했다.

"걱정되나요?"

닐라는 자신에게 묻는 그녀를 휙 바라보았다.

"그렇죠. 하지만 기대되기도 해요. 야생동물을 이렇게 가까이 볼 수 있는 건 처음이니까요."

그녀는 솔직하게 말했다. 자신이 원해서 이런 일을 하고 있는 건 아니었지만, 미래에. 그러니까 연구원 시험을 통과하였을 때 큰 도움이 될지도 모른다는 생각이 들었다.

헤이워드가 웃음을 보였다.

"기대된다니. 다행이네요."

닐라도 웃었다. 그리고 짧게 대답했다.

그녀는 뭉툭한 바위들을 바라보았다. 그들의 서식지로 알맞았다. 닐라는 눈표범들이 주위에 있을까 둘러보았다. 그러나 그들의 발자국 소리 외에는 아무것도 들리지 않았다.

루카스가 휴대전화를 이용하여 그들의 위치를 추적했다. 그는 휴대전화에 나타난 작고 붉은 점들을 유심히 보았다. 대략 아홉에서 열은 되는 수였다. 전보다는 줄었다. 아마도 그 개체가 죽었거나 추적기가 고장 났거나, 또는 뜯겨 나갔을지도 모른다. 그러더니 그는 오른손을 들었다. 주위가 고요해졌다. 잠시의 침묵을 깬 것은 헤이워드였다. 그녀는 가방에서 관련 서류를 꺼냈다.

"이 근처에 두 마리 정도 있군요."

좌측에 위치한 덤불들이 살랑거리며 움직였다. 미세한 움직임이었다. 하얀 털북숭이 발. 약 1미터가 되어 보이는 꼬리. 맹수라기엔 조금 부족한 몸집이었다. 녀석의 털은 신비로웠다. 하얗고 두꺼웠다. 눈과 함께니 더 신비로웠다. 옆구리에 장미꽃 모양의 검은 무늬가 있으며 머리에도 반점들이 보였다. 털이 조밀하게 나 있고, 회색을 띠는 털도 있다. 짙은 갈색 무늬가 매력적이었다.

'눈표범은 식육목 고양잇과 표범속(Panthera)에 속하며 가장 가까운 종은 표범속의 호랑이(Panthera Tigris)이야. 이전에는 눈표범속으로 분류되었으나 현재는 유전자분석으로 표범속으로 분류되었어.'

그녀는 자신이 알고 있는 지식을 머릿속에서 정리했다.

그 눈표범은 회색빛이 도는 눈동자를 깜박이며 사람들을 흘겨보았다. 그 눈동자에 나타난 감정을 읽을 수 없었다. 그들을 반기는 걸까. 아니면 자신들을 멸종 위기에 빠뜨렸다고 원망할까. 닐라는 그의 눈을 들여다보았지만 얻은 건 없었다. 눈표범은 가볍게 뛰어올라서 반대편에 있는 바위로 넘어갔다. 새처럼 가벼운 몸짓이었다.

헤이워드는 가벼운 탄성을 입 밖으로 뱉어냈다. 그러더니 자신이 들고 있는 서류에 무언가를 열심히 적었다. 그녀는 헤이워드가 무엇을 쓰는지 바로 알 수 있었다. 그의 움직임과 생김새, 건강 등을 살펴보고 있다고 생각했다.

"저 녀석은 P-207입니다. 나이는 대략 4살 정도 된 듯하네요. 수컷이니 자기 영역을 중요시할 겁니다. 당연한 거죠."

루카스가 고개를 끄덕였다.

"건강해 보이네요."

입을 연 사람은 마테오였다. 그는 눈표범을 보았다는 황홀감에 빠진 듯 눈표범에게서 눈을 떼지 못했다.

"이 녀석은 정말 건강해 보이는 군요. 개체가 있다는 것을 확인했으니 우리는 더 바쁘게 움직여야겠죠? 남은 녀석들도 확인해야 하니까요."

헤이워드가 글을 쓰며 말하였다.

그들은 우리를 힐끗 보며 지나가는 눈표범을 두고 지도를 바라보았다. 이 근처에 붉은 점이 하나 더 보였다. 그 개체는 P-315였다. 작년에 보고된 바로는 1살 정도 된 어린 개체였다. 지금은 2살이 되었을 것이다.

마테오가 중얼거렸다.

"60미터도 안 되는 거리군요. 이 근방이네요."

헤이워드의 뒤를 따라 움직였다. 옅게 쌓인 눈더미에서 사각

거리는 소리가 났다. 그 감촉이 좋았다. 어릴 때, 눈에서 뒹굴던 추억이 생각났다. 다시 어린 시절로 돌아가면 어떤 마음이 들까.

"저기 있어요."

루카스의 손가락 끝을 응시하자 작고 하얀 눈표범이 그들을 맞이했다. 어린 개체가 맞았다. 녀석에게 조금 더 다가가 보았다. 그 눈표범은 그들을 살짝 보고 목구멍을 울리며 그르릉거렸다. 그들을 위협하는 소리가 아니었다. 그저 제 짝을 부르는 소리. 지금 같은 11월은 번식기이다. 다들 자신이 원하는 짝을 골라 교미를 하고 비교적 따뜻한 4~6월에 새끼를 낳는다.

그들은 10미터 정도의 거리를 두고 암컷 눈표범을 바라보았다. 어디선가 그녀의 부름에 답하는 소리가 들렸다. 긴 풀들이 흔들거리더니 몸집이 꽤 커 보이는 눈표범이 나타났다. 그가 짝일 거다. 암컷은 꼬리를 살랑이며 수컷 눈표범에게 다가가서 머리를 맞댔다. 그들은 기분 좋은 울음소리를 내며 바위 아래의 큰 틈에 자리 잡았다. 수컷이 먼저 몸을 웅크리자, 암컷이 그 옆에 배를 까고 누웠다. 수컷 눈표범은 자신의 복슬복슬한 꼬리를 입에 살짝 물었다. 암컷은 그의 옆에 편하게 누워 잠에 들었다.

닐라는 그들의 다정한 모습을 보며 오던 길에 주운 돌과 펜 한 자루를 들었다. 그리고 헤이워드와 루카스가 자료를 보며 중얼거릴 때, 그녀는 가방 주머니 속에 든 펜을 꺼내어 돌 위에 그림을 그렸다. 돌 위에 그림을 그리려니 조금 힘들었다. 돌에 열심히 그들의 모습을 따서 그렸다. 다정한 눈표범의 모습이 돌에 그려졌다. 닐라는 만족스럽게 웃었다.

"멋진 그림이네요. 돌에 그리다니."

그녀는 마테오를 바라보았다.

"감사해요. 그림 그리는 게 취미라서요. 저들의 모습을 특별하게 담고 싶었어요."

"좋은 생각이네요."

마테오는 사진기를 들고 그들을 바라보며 말했다. 그는 사진기의 버튼을 눌렀다. 그는 훌륭한 사진작가였다. 마테오의 작품은 완벽했다.

"사진이 멋져요."

"그런가요?"

그가 흐뭇한 미소를 지었다.

암컷 눈표범은 깊은 잠에 빠진 듯 귀를 까딱 움직였다. 수컷이 그녀의 작은 얼굴을 까끌까끌한 혀로 핥아주었다. 그 후, 수컷 눈표범은 몸을 털며 일어났다. 그는 주위를 살펴보다가 어디론가 달려갔다. 다른 눈표범은 자신의 짝이 사라진 줄도 모르고 편하게 자고 있었다. 암컷이 몸을 뒤척였다.

닐라와 다른 사람들은 떠나는 눈표범을 지켜보았다.

"어디를 가는 걸까요?"

마테오가 물었다.

"먹이를 찾으러 가거나 놀러 가겠죠."

루카스가 그의 질문에 대답하였다.

그때, 겁에 질린 울음소리가 들렸다. 공포로 가득 찬 소리. 닐라는 소리가 나는 방향으로 고개를 돌렸다. 진회색 무리가 눈에 들어왔다. 회색 생명체들이 대열을 맞추어 움직였다.

헤이워드가 놀란 숨을 들이마시며 입을 열었다.

"늑대[Wolf/학명: Canis Lupus]군요."

그러나 공포에 질린 상대는 늑대가 아닌 것 같았다. 그 울음소리의 주인은 수컷 눈표범이었다.

루카스와 헤이워드는 두 눈을 마주 보았다. 두 사람의 눈동자에 미세한 떨림이 일어났다. 그들이 경험했던 일이, 일어나지 않기를 바랐던 일이 일어난 것이다.

그의 울음소리에 놀란 암컷 눈표범은 주위를 둘러보며 급하게 일어났다. 그녀는 바위 밑에서 나와 짝이 있는 곳으로 달렸다. 그 눈표범의 발걸음이 고통스러워 보였다. 눈표범이 짝에게 달려가면서 흙먼지가 생겼다.

늑대들은 그의 짝이 와도 놀라지 않았다. 그들은 수적으로 강했다. 힘도 셌다. 그러니 두려움은 그들에게 존재하지 않는다.

헤이워드가 그들이 있는 방향으로 걸음을 재촉하자 다른 사람들도 그녀의 뒤를 따랐다. 그러나 그들에게 아주 가까이 가지 않았다. 더 다가갔다간 이들의 목숨도 위험했다. 헤이워드가 떨리는 눈으로 그를 바라보자, 루카스는 고개를 저었다. 우리가 낄 자리는 아니라는 듯. 헤이워드가 안타깝게 고개만 연신 끄덕였다.

늑대들은 수컷 눈표범을 잡으려 노력했다. 그는 적을 이리저리 피해 다녔다. 작은 눈표범이 울부짖으며 회색 늑대 한 마리의 주둥이를 발톱으로 그었다. 그는 코에 난 피를 혀로 핥았다. 다른 늑대 두 마리가 수컷 눈표범을 앞발로 덮쳤다. 늑대의 날카로운 발톱이 녀석의 등에 박혔다. 눈표범은 그들의 무게에 짓눌려서 바닥을 굴렀다. 암컷은 그 늑대무리 중에서 진한 회색 털을 가진 늑대에게 올라타 목을 물었다. 늑대는 컹컹거리며 그녀에게서 벗어나려 했다. 그러나 눈표범의 의지는 강했다. 그를 놓아주지 않고 더욱 강하게 매달렸다. 그녀가 늑대의 목을 놓자, 늑대는 피가 맺힌 목을 흔들며 자신의 무리 가까이로 도망갔다. 암컷의 날카로운 이빨 사이에 회색 털이 몽땅 뽑혀서 붙어있었다. 눈표범은 혀로 털을 밀어서 뱉었다. 회색 털이 허공에 나풀거렸다.

수컷 눈표범은 세 마리의 늑대에게 둘러싸여 있었다. 그들은 적개심을 품은 눈으로 서로를 보며 이빨을 드러내고 으르렁거렸다. 공포가 느껴지는 저음이었다. 그러다가 하얀 늑대 한 마리가 그에게 뛰어들자, 나머지 늑대들도 뛰어들었다. 늑대들은 머리가 좋았다. 무리를 이끄는 대장의 주도하에 그들은 움직인다. 우두머리가 존재하니 두려움이 없어 보였다. 하얀 늑대가 무리의 대장인 듯 보인다. 그 늑대는 몸집이 작았다. 하지만 무리를 이끄는 능력이 탁월했다. 하얀 늑대는 눈표범의 목덜미를 물었다. 그의 뾰족한 이빨이 수컷 눈표범의 목에 박히자, 그는 고통에 울부짖었다. 다른 늑대들은 그의 다리와 등을 물고 발톱으로 상처를 만들었다. 눈표범의 하얀 털이 피로 붉게 물들고 가죽이 갈라졌다.

이 상황을 지켜보던 암컷은 아무것도 하지 않고 그들을 빤히 지켜보았다. 수컷 눈표범이 자신이 원하는 강한 짝인지를 보기 위함이었다. 작은 눈표범은 그의 울음에 몸을 움찔거렸지만, 더는 아무것도 하지 않았다. 조금 전에 보았던 용맹함이 사라져 있었다.

닐라는 헤이워드를 바라보았다. 그를 구해줄 해결책을 알고 싶었다. 중년 여성은 닐라의 눈을 보더니 고개를 저었다. 자연의 섭리를 따르라. 그것이 중요했다. 그러나 닐라는 가넷에게 그들을 구하라는 말을 들었다. 이대로 가만히 있을 수는 없었다. 그녀는 동료들의 눈치를 보다가 자신이 먹으려고 싸 왔던 닭가슴살 한 덩이를 가방에서 꺼냈다. 그들이 한눈을 판 사이에 닐라는 늑대들이 있는 곳으로 조심스럽게 다가갔다. 늑대는 머리가 좋다. 단숨에 그녀의 목숨을 빼앗을지도 모른다. 그녀는 늑대들에게 닭가슴살을 던졌다. 날아온 닭가슴살을 발견한 늑대들은 그녀를 흘깃 보았다. 닐라는 그들의 날카로운 눈매에 놀랐다. 그녀는 남은 닭가슴살도 던졌다. 늑대들은 그것의 냄새를 맡으러 그곳으로 모였다. 늑대들이 닭가슴살에 관심을 보여 다행이었다.

그 사이에 눈표범은 암컷이 있는 곳으로 도망쳤다. 암컷은 다행이라는 듯이 그의 상처를 핥았다. 수컷의 하얀 털이 붉게 물들어 있었다. 그의 귀는 늑대에게 물어뜯긴 듯이 덜렁거렸다. 그들은 사람들을 휙 돌아보았다가 꼬리를 가볍게 휘둘렀다. 그리고 눈표범들은 덤불 사이로 사라졌다.

늑대들이 그녀가 준 닭가슴살을 먹는 사이에 닐라는 무사히 동료들에게 다가갔다.

헤이워드가 사색이 된 얼굴로 말했다.

"비비안! 위험한 일이었어요! 왜 그런 거예요?"

"눈표범이 우리 눈앞에서 처참히 죽어가는 모습을 보고만 있을 수는 없었어요."

닐라는 멋쩍게 웃었다.

헤이워드가 입을 열었다.

"그렇지만, 자칫하면 죽을 수도 있었어요."

닐라는 털털하게 말했다.

"살아서 왔잖아요. 그렇죠? 그리고 눈표범들도 지켰고요."

"오, 비비안……."

그녀는 걱정하는 헤이워드를 보고 살며시 미소를 지었다.

헤이워드는 고개를 저으며 입을 열었다.

"오늘은 여기까지 하죠. 이제 내려가요."

사람들은 고개를 끄덕였다.

그녀가 그들을 뒤따라가려고 발을 움직이는 순간, 그녀에게 세찬 회오리바람이 불었다. 닐라는 당황스러워서 동료들의 이름을 불렀다.

"헤이워드? 마테오! 루카스! 어딨어요?"

아무 소리도 들려오지 않았다. 점차 포근한 느낌이 들었다. 다정한 목소리였다. 그녀가 정신을 차리자 닐라는 가넷과 헤어진 장소에 서 있었다. 그녀의 앞에서 검은 고양이가 붉은 눈으로 그녀를 응시하였다.

"첫 모험이 어땠나요?"

가넷의 물음에 닐라가 떨리는 목소리로 대답했다.

"나쁘지 않았어. 그런데……. 그들은 내가 사라졌다고 생각할 텐데."

가넷은 가르랑거렸다.

"당신은 그들의 기억에서 지워져요. 닐라, 당신이 가서 만난 이들은 모두 존재하죠. 하지만 그들은 닐라가 왔다는 것. 모든 기억에서 당신은 지워져요."

닐라는 되물었다. 자신이 지워진다는 것을 믿을 수 없었다.

"지워진다고? 기억에서? 내 존재를 잊는 거야?"

가넷이 말을 이었다.

"하지만 인간이 아닌 생물체는 당신을 기억하죠. 그 눈표범들처럼요."

닐라가 다시 입을 열었다.

"인간은 왜 기억을 하지 못하는 거야?"

가넷이 고개를 저었다. 더는 말해줄 수 없다는 얼굴이었다.

닐라는 고개를 끄덕였다. 느낌이 이상했다. 자신이 만났던 사람들의 기억에서 그녀의 존재가 잊힌다는 사실이 내심 두려웠다. 그리고 믿을 수 없었다. 하지만 닐라는 고개를 저었다. 깊게 생각하지 않기로 했다. 그럴수록 이 신비한 현상이 두려워질 것 같았다.

코알라

"다음 모험을 떠날 시간입니다."

가넷은 말을 끝내자마자 다시 입을 열었다.

닐라는 아직 마음을 추스르지 못한 채로 그녀를 바라보았다.

가넷은 긴 꼬리로 그녀의 다리를 감쌌다.

"이마를 맞대요."

검은 고양이가 즐겁게 말했다.

닐라는 그녀가 더 다가오기 전에 서둘러 말했다.

"저기, 내가 이번에 갈 곳에 대한 정보라도 알려줄 수 있어?"

그녀는 자신이 무엇을 해야 하는지 몰라 애가 탔던 것이 떠올랐다. 그녀는 가넷의 눈을 가만히 바라보았다.

가넷은 알겠다는 듯이 가르랑거렸다.

"당신은 호주로 가게 될 거예요. 호주에서 대표적인 멸종 위기 동물이 뭘까요, 닐라?"

당연하게도 코알라[Koala/학명: Phascolarctos Cinereus]이지 않을까. 코알라는 그녀가 연구하던 자료에도 수없이 나왔었다. 코알라의 멸종에 관한 대표적인 예로는 산불이었다. 기후가 건조해지면서 숲이 더욱 불에 잘 타게 된다. 작은 불꽃이 튀게 된다면 그곳은 순식간에 대형 산불로 번진다. 인간들도 그런 산물을 끄기 힘들어하는데 어떻게 작은 생명이 불을 끌 수 있을까. 그들은 피하는 방법밖에 없다. 그럼에도 불이 번지는 속도가 빠르니 그들은 피하지 못하고 타 죽게 된다.

그들이 죽어가는 상상을 하니 몸이 떨렸다.

"당신도 저와 같은 생각이죠, 닐라?"

닐라는 짧게 대답했다. 자신에게 다가오는 고양이가 아직 어색했다.

"더 궁금한 게 있나요?"

검은 고양이의 물음에 닐라는 고민하다가 말했다.

"호주로 간다고 했지? 호주는 무슨 언어를 사용해?"

"영어요. 만약에 당신이 영어를 못하다 해도 그 나라의 언어를 듣고 말할 수 있으니 걱정 말아요."

"나 영어 할 수 있어."

닐라는 다행이라는 듯 가벼운 한숨을 내쉬었다. 그녀는 생물학을 배울 때, 영어가 중요하다는 것을 깨닫고 영어도 배웠었다. 그래서 영어도 모국어처럼 잘할 수 있다는 생각이 들었다.

"이제 출발할까요?"

그녀는 고개를 끄덕였다. 가넷의 윤기가 나는 털과 이마를 맞대니 폭풍우가 그녀를 집어삼켰다. 바람이 거셌다. 닐라는 속이 울렁거리는 것을 느꼈다. 속을 게워 내지 않기를 바라며 그녀는 눈을 꾸욱 감았다. 그러자 주변이 잔잔해지고 상쾌한 풀 냄새가 났다. 닐라는 풀 냄새를 맡으며 눈을 떴다. 그녀는 호주 동부에 있는 작은 코알라 보호소 건물 앞에 서 있었다.

북반구인 스위스와 기후가 반대인 호주는 더웠다. 태양이 그녀를 태워버릴 것처럼 눈부시게 빛났다. 그녀는 얇은 반팔 상의와 딱 달라붙는 청바지를 입고 있었다. 닐라는 손바닥을 넓게 펴서 눈썹 위에 올렸다. 햇볕을 가리기 위함이었다.

바로 앞에 귀여운 코알라가 그려진 건물이 자신이 갈 장소 일거라는 생각이 들었다. 그녀는 건물의 문을 당겼다. 건물 내부로 들어가자, 금발의 여성이 닐라를 반겼다. 그녀는 큰 키를 가지고 있었고 코알라가 그려진 티셔츠를 입고 있었다. 누가 보아도 코알라 애호가가 틀림없었다.

"안녕하세요."

그녀는 밝은 목소리로 닐라를 반겼다.

"안녕하세요."

"혹시 앞에 붙어있던 포스터를 보고 오셨나요?"

그녀가 문을 턱으로 가리켰다. 문에는 수많은 포스터가 붙어 있어서 무슨 포스터를 말하는 건지 알 수가 없었다. 그녀가 이해하지 못하는 표정을 짓자, 여성은 자신이 말하고 있는 포스터를 서랍에서 꺼내 보여주며 다시 설명했다.

"코알라 구조 포스터요."

그녀는 포스터를 자세히 읽었다.

산불. 산불 때문에 위험에 처한 코알라를 구조하는 봉사 활동이었다. 산불이 지나간 자리에서 다치거나 죽을 위기에 처한 코알라들을 구해주는 활동. 닐라는 포스터를 읽고 여성을 바라보았다.

"아, 맞아요. 이 활동을 하고 싶어요."

여성은 웃으며 고개를 끄덕였다.

"좋아요. 제 이름은 플로리 준[Flory June]입니다. 조금 뒤에 함께 탐사를 나갈 예정이니 기다리세요."

닐라는 짧게 대답하고 주위를 둘러보았다. 여기저기에 코알라에 관한 자료와 사진 등이 벽에 전시되어 있었다. 그녀는 사진을 바라보았다. 사람들의 품에 안겨서 편하게 잠을 자고 있는 코알라의 사진이었다. 서식지를 잃은 코알라는 인간에게 기댈 수밖에 없었다. 코알라의 표정이 정말 편한 건지 의문이 들었다. 그녀의 생각이 맞는 건지.

닐라는 복도를 따라 걸었다. 구조한 코알라들에게 이름을 지어주는 것 같았다. 언제, 어디서 구조했는지, 성별은 무엇인지, 나이는 어느 정도 되는지를 써놓았다. 이름은 정말 개성이 넘쳤다.

닐라는 자료를 하나하나 읽었다. 태어난 지 2달밖에 안 된 어린 개체가 산불로 어미를 잃고 이곳에 구조되어 새 부모를 만난 사례도 있었고, 치명적인 바이러스에 걸려 죽을 위기에 처한 개체는 이곳에서 구조돼 지내다가 숨을 거두었다는 사례도 있었다.

그녀는 다시 준이 있는 곳으로 돌아가 네모난 의자에 앉았다. 그리고 휴대전화를 켰다. 자신의 SNS에 눈표범의 사진을 올렸다. 일지 형식의 글을 써 내려갔다. 신비한 생명체를 직접 보았으니 기록하는 것도 좋은 방법일 듯했다. 여러 개의 '좋아요'가 눌러졌고, 댓글도 많이 달렸다.

-정말 아름다워요!
-눈보다 하얀 것 같네요. 저도 보고 싶어요!
-와, 함께 누워있는 녀석들이 다정해 보이는군요.
-그런 장관을 직접 볼 수 있다니, 행운이네요.

닐라는 댓글에 굳이 답하지 않았다. 그냥 읽기만 했다.
준이 그녀를 불렀다.
"비비안! 여기로 오세요."
닐라는 그녀가 부른 곳으로 걸어갔다. 준은 책상에서 자료를 정리하다가 닐라를 발견하자 웃으며 말했다.

"비비안, 사람들이 좀 더 모집되었어요. 이제 출발해도 될 것 같아요."

닐라는 일어나는 준을 가만히 기다렸다. 준은 준비실로 걸어갔다. 그녀도 그 뒤를 따랐다.

준비실에는 두 명의 사람이 짐을 싸고 있었다. 준이 기침을 하며 말했다.

"아직 올 사람이 다섯은 있어요. 5분만 더 기다려 봅시다."

준의 말에 모두가 호응했다.

닐라도 그들 근처에 앉아서 짐을 챙겼다. 간단한 식량과 생수 두 병, 응급 상자도 챙겼다. 필수 준비물을 챙긴 후, 그녀는 쉴 수 있는 의자에 앉았다. 닐라는 작은 백과사전을 꺼냈다. 공부를 할 시간도 없으니 지금 시간이 있을 때 해야 했다. 그녀는 포유류에 대해서 공부하였다.

포유류는 젖을 먹여 새끼를 키우는 동물을 말한다. 또, 포유류는 척추동물 중에서 가장 진화한 형태의 동물로, 추운 극지방, 물속, 하늘, 사막 등 다양한 환경에 널리 퍼져 살고 있다. 이런 적응력을 가질 수 있는 가장 큰 비결은 바로 체온 유지이다. 포유류는 항상 일정하게 체온을 유지하는 정온동물로, 몸에 털이나 가시, 두꺼운 피부가 있어 추운 날씨에도 따뜻한 체온을 유지할 수 있다. 반대로 날씨가 더워지면 피부에 있는 땀샘으로 땀을 내보내 체온을 낮출 수 있다. 다만, 오리너구리와 같이 포유류이지만 알을 낳는 생물도 있다.

그러던 중에, 준이 큰 소리로 말했다.
 "이제 다 모이신 듯하니 설명 좀 드리겠습니다. 우선 우리는 전용 버스를 타고 산불이 일어났던 유칼립투스나무 숲으로 갈 겁니다. 코알라들은 유칼리 잎과 아카시아 잎을 좋아하니까요. 코알라들은 거의 하루 종일 나무 위에 있으니 머리 위를 조심하셔야 합니다. 코알라를 만나게 되더라도 큰 소리로 소리를 지르지 않는 것을 유의하시기 바랍니다. 또한 코알라가 아래에 있다고 만지면 안 돼요. 겉모습은 귀여워도 날카로운 발톱을 가지고 있습니다. 우리는 코알라를 구경하러 가는 관광객이 아니라는 사실을 명심하세요. 그곳은 화재 지역이니까요. 화재는 진압이 되었지만, 잿가루가 남아있을 겁니다. 조심하세요. 이제 출발하죠. 버스는 건물을 나가면 바로 있을 겁니다."
 준이 기침을 하다가 말을 이었다.
 "보라색 버스요."
 준의 설명을 들은 사람들은 모두 밖으로 걸어 나갔다.
 닐라는 가방을 어깨에 메고 건물 밖으로 나갔다. 그녀는 고개를 돌려서 오른쪽을 보았다. 준이 말한 대로 작은 보라색 버스가 그들을 기다리고 있었다. 닐라와 다른 사람들은 준이 올 때까지 그 자리에 서서 기다렸다. 준이 여러 개의 포스터가 붙여진 문을 벌컥 열고 나왔다. 준은 가볍게 뛰어왔다.
 "미안해요. 많이 기다리게 하려던 건 아니었어요. 자료를 찾느라……."

한 여자가 그녀의 어깨에 손을 올렸다.

"걱정 말아요, 준. 우린 대략 10분밖에 기다리지 않았어요."

준은 백발 여성을 보았다.

여성의 얼굴에는 친근해 보이는 주름이 잡혀있었고 검은 상의를 입었다.

"그런가요? 미시즈* 스칼렛[Scarlet], 참 다정하네요."

미시즈 스칼렛이라고 불린 여성이 웃었다.

"준, 미시즈 스칼렛이라 부르지 말라니까요. 그냥 이름을 불러요. 그 표현은 너무 거리감 있어 보이잖아요."

준이 손사래 치며 대답했다.

"저는 '미시즈'라고 부르는 게 더 다정해 보이고 정중해 보인다고 생각하는데."

스칼렛이 의심 가득한 눈초리로 그녀를 바라보았다.

"정 그러시다면……. 차라리 '미즈'라는 표현을 붙여 부를게요. 어때요?"

스칼렛은 못 이기겠다는 듯이 고개를 살살 저었다.

그러자 준이 미소를 머금은 얼굴로 버스에 올라탔다. 봉사자들도 그녀의 뒤를 따라 올라탔다. 백발노인도 그 뒤를 따랐다. 계단의 폭이 높았다. 그녀는 스칼렛이 안전하게 올라가도록 뒤

---

* 미스[Miss.]: 미혼의 여성을 부르는 호칭. 주로 젊은 여성을 뜻함.
미시즈 또는 미세스[Mrs.]: 기혼의 여성을 부르는 호칭.
미즈[Ms.]: 결혼 여부와 관계없이 여성을 부르는 호칭.

코알라

에서 지켜보았다. 스칼렛이 계단을 모두 오르자 닐라가 버스에 올랐다. 닐라는 버스 앞좌석에 앉았다. 준과 스칼렛이 그녀의 반대편 좌석에 앉았다.

모든 사람이 안전하게 자리에 앉았는지 확인한 금발 머리 여성은 앞으로 걸어갔다.

"기사님, 다 됐습니다."

검정 선글라스를 착용한 버스 기사는 짧은 응답을 하고 준이 자리에 앉았는지 룸미러를 통해 힐끗 보았다. 그녀가 자리에 앉자 그는 묵직한 발로 액셀을 밟았다. 버스가 '우웅' 하는 소리와 함께 건물을 벗어났다.

버스 안이 소란스러웠다. 봉사자들은 서로 즐거운 대화를 주고받았다. 스칼렛의 옆에 앉은 준도 그녀와 즐거운 대화를 하고 있는 것처럼 보였다. 닐라는 가만히. 그저 아무것도 하지 않고 창문 바깥만 바라보았다. 창밖의 모든 물체가 빠르게 스쳐 지나갔다.

닐라는 창밖을 보며 생각에 잠겼다. 자신도 모르는 사이에 스물여섯이라는 나이가 되어있었다. 눈을 감았다 뜨니 가족으로부터 독립하여 복잡한 사회에서 성공이라는 목표 하나만을 바라본 채 달려가고 있었다. 다만 그 목표를 이루려면 쉴 수가 없었다. 휴식은 그녀에게 사치였다. 너무나도 큰 사치. 그녀는 휴식을 갖고 싶다는 생각을 할 시간도 없었다. 삶의 여유가 없었기 때문이다. 아마 저기 저 떨어지는 나뭇잎보다 그녀의 시간은 더욱 빠르게 지난 것처럼 느껴졌다. 바쁘게 살아온 만큼 이러한 시간이 더 큰 가치가 되리라 바랐다.

　그녀는 지금 이 신비롭고 기이한 경험이 훗날 자신의 삶에 여유가 될 거라고 생각하였다. 그것이 아니면 무엇일까. 허무하게 낭비되어 버린 시간이 되진 않을 거다.

　닐라는 다시, 버스 안으로 고개를 돌렸다. 백발의 여성과 눈이 마주치자, 그녀는 어색하게 웃었다. 스칼렛은 손에 들고 있던 견과류 봉지를 그녀에게 웃으며 건넸다. 닐라는 웃음을 지으며 그녀에게 고마움을 전했다. 그녀는 가느다랗고 긴 손가락으로 봉지를 잡아 옆으로 비틀었다. 그러자 연한 견과류 냄새가 그녀의 코끝을 간지럽혔다. 닐라는 엄지와 검지로 아몬드를 집어 들어서 입안에 넣었다. 아몬드의 고소한 맛이 그녀의 입에서 놀아다녔다.

　스칼렛이 그녀를 다시 쳐다보았다.

　"고마워요. 맛있네요, 미즈 스칼렛."

　닐라는 웃었다.

　준도 함께 웃었다.

　"왜 다들 날 부를 때 호칭을 붙여 부르는 거죠?"

　"그야 더 다정해 보이고 친근하지 않나요?"

　스칼렛이 양손을 들며 항복의 표시를 전했다.

　"그냥 아무렇게나 불러요."

　준과 닐라는 서로를 바라보며 배를 잡고 깔깔거렸다.

코알라

"댁은 이름이 어떻게 되나요?"

스칼렛의 물음에 닐라는 정중히 대답하였다.

"닐라 비비안입니다."

"'닐라'라고 부를게요. 괜찮죠?"

"그럼요. 당연히 괜찮죠."

닐라는 잇몸이 보이도록 미소를 지었다.

그들이 대화하는 사이에 버스는 숲 근처 대로변에 정지하였다. 우뚝 솟은 나무에 길고 둥근 잎이 빼곡히 붙어있었다.

준이 자리에서 일어나 사람들을 바라보았다.

"도착했네요. 이제 우리는 위기에 처한 코알라들을 구조하는 것이 목표니 힘을 내길 바랍니다. 자, 내릴까요?"

버스의 문이 열리자, 사람들이 줄지어 내렸다. 닐라는 스칼렛의 뒤를 따라 내렸다. 스칼렛은 비쩍 마른 체형을 가졌지만 건강해 보였다. 닐라는 나이와 비교되는 그녀의 육체에 내심 놀랐다.

상쾌하지만 씁쓸한 풀 냄새가 풍겼다. 하늘을 향해 뻗어나가는 유칼립투스나무의 잎들이 서로 부딪히며 종이를 넘기는 듯한 소리를 내었다. 그들의 노랫소리는 악기와도 같았다.

닐라는 다른 봉사자들과 함께 울창한 숲 사이를 지나갔다. 유칼립투스나무의 몸통은 무지개와 같았다. 일직선으로 나 있는 주황색과 초록색의 무늬가 아름다움을 더했다. 그녀는 나무를 손끝으로 조심스럽게 만졌다. 까끌까끌했으나, 왜인지 모를 부드러움이 묻어났다. 나뭇가지 사이로 태양의 광선이 길게 뻗어

나왔다. 한 폭의 그림과도 같은 풍경이었다. 또한 유칼립투스나무의 크고 웅장한 뿌리들은 말로 표현할 수가 없었다. 너무나도, 너무나도 아름다웠다.

닐라는 지나는 곳마다 감탄을 했다. 유칼립투스의 몸통에 여러 가지의 색상이 섞여있는 이유를 한시라도 빨리 알고 싶었다.

가지각색의 식물과 넝쿨이 함께 조화를 이루고 있었다. 넝쿨은 나무를 빙빙 감쌌다. 마치 부모가 자식을 안아주듯이. 그녀는 넝쿨 잎을 조심스럽게 땄다. 넝쿨 잎은 손바닥 같은 모양을 하고 있었다. 닐라는 가방을 앞으로 맨 후 파일을 꺼냈다. 투명한 파일에 그것을 넣어 고정시켰다. 코팅된 것처럼 잎의 표면이 반짝거렸다. 닐라는 그것을 손으로 만져보고 다시 가방에 집어넣었다.

스칼렛이 그녀의 곁으로 걸어왔다.

"나무가 정말 신기하지 않나요?"

닐라는 고개를 끄덕였다.

"저도 그 생각 했어요. 나무에 있는 다채로운 선이 아름답더라고요."

노인이 고개를 끄덕였다. 그녀는 바로 밑에 있는 나무뿌리를 조심히 넘었다.

"이곳은 생태계 보존이 완벽한 것 같아요. 나무들도 손상도가 낮고요. 저기, 새들이 지저귀는 소리 들려요? 도시에서는 저 소리를 듣기 힘들죠. 벌레가 많은 건 별로지만……. 그들이 존재해야 생태계 균형이 올바르겠죠."

스칼렛이 웃으며 말했다.

닐라는 그녀의 말에 동의했다. 이곳은 너무나 경이로웠다.

준이 유칼립투스나무가 우뚝 솟아있는 바닥을 유심히 바라보았다. 바닥에는 길고 둥근 갈색 물체가 떨어져 있었다. 그녀는 흰 고무장갑을 양손에 끼고 작은 물체를 만졌다. 준은 그것을 들고 말했다.

"이건 코알라 성체의 대변입니다. 코알라들의 변 냄새는 그리 심하지 않아요. 오히려……. 상쾌하죠! 그 이유는 코알라가 유칼리 잎만 먹기 때문이에요. 먹이가 풀이니 변의 냄새도 풀냄새이죠. 이 변은 한 20분 전쯤에 싼 것 같아요. 아직 온기가 느껴지니까요. 아마도 이 근처에 코알라가 있을 겁니다. 코알라는 하루에 18~20시간 정도 잠을 자거든요. 나무에 매달려서 움직이지도 않고요. 나무 위를 좀 둘러보면 좋을 것 같군요."

준의 말이 끝나자, 봉사자들은 나무 위를 보거나 그녀가 들고 있던 변을 관찰하였다.

닐라는 고개를 위로 들어 올렸다. 눈 부신 햇빛만이 그녀를 바라볼 뿐이었다. 그녀는 손으로 햇빛을 살짝 가리고 위를 둘러보았다. 나뭇가지에 매달린 잎들이 노래를 불렀다.

"저거 아닌가요?"

한 젊은 남성이 손을 들고 외쳤다.

사람들은 그가 손끝으로 가리킨 곳을 보았다. 진회색의 둥글둥글한 생물체가 굵은 나뭇가지에 매달린 채 귀를 펄럭거렸다.

동그란 모습이 귀여웠다.

닐라는 녀석을 자세히 바라보았다. 누가 뭐래도 그 형체는 코알라였다.

준과 스칼렛도 그의 말을 듣고 코알라가 있는 곳으로 걸어왔다. 금발 여성은 복슬복슬한 털로 몸을 감싸고 있는 코알라를 보며 중얼거렸다.

"건강해 보이네요."

스칼렛도 고개를 끄덕였다.

"저 개체는 건강해 보이니 우리는 다른 곳으로 더 가야 할 것 같네요. 우리의 목적은 다친 코알라를 치료하는 거니까요."

사람들은 다시 움직였다.

걸음을 옮기다 보니 재가 흩뿌려진 곳에 도착하였다. 회색 재가 바람에 사르르 날렸다. 이곳은 아까와 달랐다. 좀 전에 있던 생명의 활기가 넘치던. 푸르고 푸르렀던. 그런 모습은 찾기 힘들었다. 나무는 가지가 꺾인 채로 흔들리고 있었고 이끼와 온갖 식물들로 뒤덮였던 대지는 숨을 쉬지 않았다. 또한 종알거리던 새들의 노랫소리마저 들을 수가 없었다. 땅에 고여있던 물웅덩이는 파란 하늘의 모습을 담아내지 못한 채 회색빛을 띠었다. 이곳과 생명이 넘치던 유칼립투스나무 숲은 마치 다른 장소 같았다. 경계가 분명했다. 똑같은 유칼립투스나무는 알록달록한 색을 잃었다. 짙고 쾌쾌한, 두려움의 냄새가 풍겼다. 잿빛의 안개가 숲의 생명을 빼앗아 간 듯이. 그곳은 공허했다.

닐라의 몸이 떨렸다. 산불은 모든 것을 앗아가 버렸다. 아무것도 남기지 않은 채. 그녀는 회색빛 세상을 둘러보았다. 믿을 수 없는 광경이었다. 실제가 아닌 것 같았다. 불쾌했다. 이곳에서 도망가지 못하고 불에서 타들어 갔을 생명체를 상상하니 눈물이 고이는 것 같았다. 그들은 발버둥만 치면서 서서히 타 죽었을 것이다. 소리만 질러야 했을 것이다. 뜨거운 불구덩이 속에서 맨살로 타 죽었다. 그들의 삶은 허무하게 끝났다.

닐라는 한시라도 빨리 그들을 구하고 싶었다. 좀 전까지 즐거웠던 마음은 어디론가 날아가 버렸다. 그녀는 준과 스칼렛의 옆으로 가서 작게 속삭였다.

"불길에서 살아난 동물이 있을까요……? 아니, 있어야겠죠."

닐라의 목소리가 떨랐다. 이것은 공부나 연구와 달랐다. 책에서 나오던, 논문에서 나오던 사진과 비교할 수도 없었다. 두려웠다.

스칼렛이 떨고 있는 그녀의 하얗고 찬 손을 그녀의 손으로 감싸주었다.

닐라가 백발의 여성을 바라보자, 그녀는 웃음을 지었다. 그녀의 눈동자가 희미하게 빛나고 있었다.

준이 사람들에게 말했다.

"이제, 찾아보죠. 꾸물거리는 것보다 그들을 찾아 치료하는 게 더 도움이 될 겁니다."

닐라는 고개를 끄덕였다.

준은 잿가루가 가득 찬 바닥을 밟으며 걸어갔다. 닐라도 그녀를 따라갔다. 잿가루 때문에 목이 따끔거렸다. 그녀는 팔로 입을 가리고 헛기침을 했다. 여전히 목이 아팠다. 가져온 생수를 마시고 싶었지만, 지금보다 나중에 더 필요할 수도 있겠다는 생각이 들어 행동을 멈추었다.

봉사자들은 회색빛으로 가득 찬 숲을 천천히 지나갔다. 바람에 잿가루가 날아왔고 떨어져 있는 나뭇가지나 쓰러진 나무를 피하기 위해서 노력해야 했다.

커다란 나무 한 그루가 생명을 잃은 채 불어오는 바람에 몸을 맡기고 있었다. 나무는 짙은 갈색으로 변한 지 꽤 시간이 흐른 듯했다. 그 나무는 색을 잃었다. 그러나 무언가를 품어주고 있었다. 동그랗고 진회색 털을 가진 생명체. 녀석은 큰 코를 두 손으로 가리고 바닥에 누워있었다. 피부에는 벌겋게 달아오른 화상을 입어 파리가 달라붙었다. 커다란 귀를 펄럭거리며 고통을 주는 파리를 쫓아내려 애썼다. 그 코알라는 자신에게 다가오는 봉사자들을 바라보며 입을 뻐끔거렸다. 그러나 목소리가 나오지 않는지 쉰 소리만 내다가 다시 입을 다물었다. 고통 속에서 소리를 지르다가 목이 나가버린 것 같았다.

닐라는 준과 스칼렛을 슬쩍 바라보았다. 그들은 코알라를 위한 봉사를 많이 했었기 때문에, 이러한 상황에서 어떻게 대처해야 할지 방법을 알고 있을 것만 같았다.

준이 고개를 돌려 그녀와 눈을 마주쳤다. 그녀는 고개를 살짝 끄덕였다. 눈으로 무언가를 말하고 있었지만, 닐라는 이해하지 못했다. 닐라가 그녀의 눈동자에 들어갈 듯이 준을 바라보았다. 준은 그녀의 귀에 속삭였다.

"닐라, 같이 가요."

닐라는 무심코 동의하였다.

준이 사람들에게 이 주변을 둘러보고 위험에 빠진 동물들을 구조하라 얘기한 후, 세 명의 여성들은 손에 두꺼운 장갑을 꼈다. 그리고 부드러운 담요와 생수를 챙기고 녀석에게 다가갔다.

코알라는 인간을 두려워하는지 눈을 크게 뜨고 입을 벌렸다. 그는 날카로운 발톱을 가진 손을 위아래로 흔들었다.

그런 코알라가 안쓰러웠다. 작은 생명이 인간에게 목숨을, 삶을, 집을, 가족과 동료를 잃었지만, 이번에는 그들에게 도움을 받고 있었다. 그녀의 감정이 복잡했다.

준이 두려움에 몸을 떨고 있는 코알라에게 슬금슬금 다가가서 담요를 덮었다. 닐라와 스칼렛도 허리를 숙이고 그의 몸통을 잡았다. 그는 그들의 손에서 빠져나가려고 발버둥 쳤다. 그러나 이내 잠잠해졌다. 준은 녀석을 갓난아이를 품에 안듯이 담요로 감싸안았다.

코알라의 눈동자는 암흑 같았다. 공허한 우주에 존재하는 블랙홀과도 비슷했다. 무언가를 말하는 것 같았다. 인간이 그의 생각을 읽을 수는 없었지만, 언뜻 짐작을 해볼 수는 있었다. 고마워요. 왜 날 구해줘요? 두려워요. 당신들을 믿을 수 없어요. 증오해요.

닐라는 녀석의 큰 코에 손등을 대었다. 촉촉해야 할 코는 사막처럼 건조하게 메말라 있었다.

스칼렛이 생수병의 뚜껑을 열었다. 그리고 코알라의 입가에 물을 흐르듯이 부어주었다. 녀석은 몸을 움찔거리다가 입을 뻐끔거리며 물을 받아 마셨다. 코는 물 때문에 촉촉해졌다. 그 코알라는 숨을 쉴 틈도 없이 물을 계속해서 마셨다. 그의 혀가 빠르게 움직였다. 오랫동안 물을 마시지 못했던 걸까. 코알라는 충분히 목을 축였다는 듯이 입을 닫았다. 스칼렛이 준에게 남은 생수병을 건넸다. 준은 그것을 가방에 집어넣었다.

준은 코알라를 안으며 닐라에게 부탁했다.

"닐라, 가방에서 붕대와 연고를 꺼내서 이 코알라 치료 좀 해주세요. 간단하게 하고 보호소에서 제대로 된 치료로 마무리하게요."

그녀는 얼떨결에 고개를 끄덕이고 말았다. 자신은 없었지만 가방에 있는 상자에서 준이 말한 것들을 가져왔다.

준과 스칼렛이 코알라의 화상이 생긴 부위를 보여주기 위해서 담요를 들추었다. 코알라의 칙칙해진 털이 여기저기 끊어져 있었다. 진회색 털이 다 타버린 녀석의 피부는 붉은 피고름이 생겼고, 단단한 딱지가 달라붙어 있었다.

닐라가 인상을 쓰자 그녀의 이마에 얇은 주름이 지어졌다. 그녀는 코알라의 엉덩이를 손으로 살짝 누르고 생수를 상처 부위에 부었다. 코알라의 몸이 움찔거렸지만, 그 이상으로 움직이지는 않았다. 닐라는 코알라를 슬쩍 보고 다시 치료를 이어갔다. 물에 적셔진 고름이 녹았다. 보통 바로 녹지는 않지만, 이 정도의 속도라면 녀석의 상처는 굳은 지 얼마 되지 않았을 거다. 닐라는 얇은 거즈로 흐르는 고름을 닦았다. 그리고 나서 하얀 연고를 새로운 거즈에 짰다. 연고를 그에게 바르자 녀석의 몸이 떨렸다. 닐라는 손가락이 들어갈 정도의 여유분을 두고 붕대를 감았다. 그녀는 걱정스러운 얼굴로 코알라를 바라보았다. 그는 비록 몸을 떨었지만, 어떠한 몸짓과 소리로 자신의 감정을 표현하지 않았다.

준과 스칼렛이 만족스러운 표정으로 그녀를 바라보았다.

"제가 잘했겠죠?"

스칼렛이 고개를 끄덕였다.

"처음 치고는요."

준이 구조한 코알라를 쓰다듬으며 입을 열었다.

"이 친구의 성별을 볼까요? 음……. 수컷이군요. 나이는 좀 많네요. 9살로 추정되어요. 그리고……. 닐라. 당신이 이 친구의 이름을 정해주면 좋겠어요."

닐라는 준의 제안에 바로 승낙했다. 자신에 대한 기억이 잊히더라도 자신이 지어준 이름은 평생 남을 테니까. 그녀는 손으로 갸름한 턱을 잡고 고민했다.

'월리스? 코코? 루 알리스? 픽토?'

하지만 뜻을 가진 이름을 지어주고 싶었다. 간단한 이름 말고 제대로 된 뜻을 가진 이름.

블레이즈[Blaze].

'산불을 이겨낸 자'라는 뜻으로 정했다. 이 진회색 코알라는 엄청난 속도로 몰려드는 불씨를 이겨내고 삶을 지켰으니 말이다.

닐라가 스칼렛과 준을 번갈아 보았다.

"고르셨나 봐요. 좋은 이름을."

"맞아요. 블레이즈. '산불을 이겨낸 자'라는 의미를 담고 싶었어요."

준이 환하게 웃었다.

"그거 좋은데요? 그리고 저희 보호소에는 '블레이즈'라는 이름의 동물이 단 한 마리도 없으니, 정말 잘 지으셨네요."

스칼렛이 보라색 가죽 케이스를 끼운 휴대전화를 주머니에서 꺼냈다.

"닐라. 코알라 사진 찍어줘요. 당신의 손길로."

그녀는 스칼렛의 휴대전화를 받아 들고 정성스럽게 블레이즈의 사진을 찍었다. 블레이즈는 준의 품에서 편하게 있었다.

"이제 다른 봉사자들에게 갈까요? 이 친구. 아니, 블레이즈를 보호소로 데리고 가야 하니까요."

닐라는 그녀들의 뒤를 따라갔다. 그러다가 작게 튀어나온 나무뿌리에 발이 걸려 신발이 벗겨지고 말았다. 준과 스칼렛은 닐라의 신발이 벗겨진 것을 모르는 눈치였다. 그녀는 신발을 주우려 허리를 숙였다.

그때였다. 거대한 바람이 나뭇잎을 태우고 그녀에게 다가왔다. 닐라는 흠칫 놀랐지만, 그 자리에 가만히 있었다. 그들과 함께 보호소까지 가고 싶다는 갈망이 마음 한 곳에서 밀려왔다. 그러나 이 소용돌이는 그녀가 피하고 싶다고 피할 수 있는 존재가 아니었다. 닐라는 멀어지는 그들의 뒷모습만을 바라보았다.

누군가 그녀를 돌아봐 주었다. 블레이즈. 그는 밝게 빛나던 눈동자로 닐라의 녹색 눈동자를 바라봤다. 그의 눈빛을 읽을 수는 없었지만, 그녀를 바라봐 주는 것이 좋았다. 닐라는 가벼운 미소를 짓고 눈을 감았다. 바람에 몸을 맡겼다. 시원한 바람이었다. 바람은 닐라의 금색 머리칼을 가지고 놀며 그녀를 특별한 비밀의 장소로 데려갔다.

다시, 붉은 눈을 가진 신비로운 고양이에게로. 자신을 기다리는 암고양이에게로.

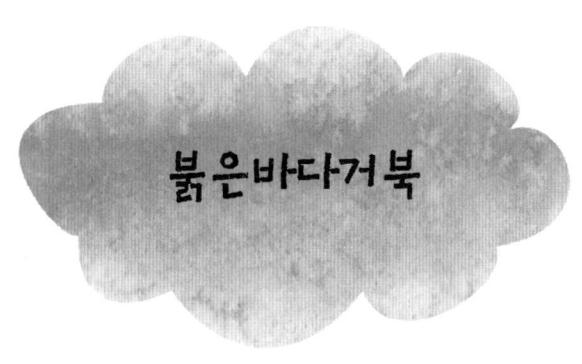

붉은바다거북

닐라의 곁에 있던 장난스러운 바람이 사라졌다. 그녀는 다시 눈을 떴다. 가넷이 꼬리를 꼿꼿이 세운 채, 자신이 나왔던 액자를 들여다보고 있었다. 그녀는 닐라를 발견하자 수염을 움찔거리며 다가왔다.

"어땠어요?"

닐라는 솔직히 말했다. 그녀의 생각을 꿰뚫어 볼 듯한 가넷의 눈 때문에 거짓으로 말할 수 없었다.

"좋았어. 내가 구조한 코알라에게 이름을 지어주었어. 그건 기억되잖아. 그렇지?"

그녀는 가넷의 대답을 기다렸다. 자신이 지어준 뜻깊은 이름이 기억되길 바라면서.

"당연하죠. 사람들의 기억만 사라진다 했었잖아요. 그래도 당신의 흔적은 남을 겁니다. 준과 스칼렛은 그 코알라의 이름을 당신이 지어준 것이 아니라 다른 봉사자가 지어줬다고 생각하겠죠."

닐라는 손가락으로 옆 머리카락을 빙빙 돌렸다. 의문이 들었다. 가넷이 그들을 어떻게 알까?

"가넷, 네가 그들의 이름을 어떻게 알아? 넌 나와 함께 오지 않았어."

닐라가 직설적으로 묻자 가넷이 당당한 걸음걸이로 다가왔다. 그녀는 꾀꼬리 같은 목소리로 말했다.

"제가 왜 모를 거라 생각하나요? 저는 당신과 다른 생물을 이어주는 존재인걸요. 저는 처음에 당신이 여기 왔을 때도 닐라의 이름을 알았죠. 그리고 저는 항상 당신과 함께인걸요. 그저 닐라가 모르는 겁니다. 저는 어딘가에서 어떠한 생물의 모습으로 변해있을 거죠. 예를 들자면, 파리나 포유류, 새일 수도 있고요. 인간일 수도 있죠. 그러나 인간으로 변할 때는 극히 드물 거라는 점. 알겠죠?"

닐라는 고개를 끄덕였다. 가넷이 어디선가 자신을 보고 있을 거라는 생각은 하지 못했었다.

"닐라, 바로 갈 건가요?"

닐라는 가넷의 눈을 쳐다보았다. 어떠한 생각도 읽을 수가 없었다. 그녀는 작게 한숨을 내쉬었다.

"잠시 쉴래요?"

생각지도 못한 말이었다. 가넷이라면 바로 가라고 할 줄 알았다. 닐라가 가넷의 붉은 눈을 들여다보자, 가넷은 가르랑거렸다.

"당신도 '인간'이라는 한 생명을 가진 동물이잖아요. 잠시의 휴식은 제공해 드릴 수 있어요."

가넷의 마음이 변하기 전에 닐라는 서둘러 말했다.

"그래. 쉬고 싶어."

"거기 가죽 의자에 앉아요."

초록색 가죽으로 된 의자가 원형 식탁 옆에 놓여있었다. 닐라는 의자가 있는 곳으로 걸어가 앉았다. 가죽이 오래되어서 그런지 너덜거렸다.

"여기는 어떤 곳이었어?"

가넷이 작고 오래된 방석을 입에 물고 와 그것을 식탁 위에 내려두었다. 검은 암고양이는 방석 주위를 빙글빙글 돌다가 방석 위에 몸을 웅크리고 앉았다. 새까맣고 긴 꼬리를 자신의 앞발에 포갰다. 그녀는 붉은 눈동자로 닐라를 응시하며 눈만 깜박였다. 그러다가 입을 열었다.

"아름다운 곳이었죠."

닐라는 다시 주위를 둘러보았다. 가넷의 말대로 이곳은 정말 아름다웠다. 가넷이 그녀의 생각을 읽었는지 귀 끝을 움찔거렸다.

"이 집의 가구와 형체뿐만이 아니에요. 더 깊이, 들여다보세요."

닐라는 고개를 오른쪽으로 약간 기울였다. 무슨 의미인지 알 수 없었다. 그저 오래된 집인데.

가넷이 앞발을 들어 올려 핥으며 말했다.

"이곳은 생명들이 쉬었다 가는 안식처이자 휴식처이죠. 살아 있는 모두가 올 수 있어요."

"하지만 나는 여기서 다른 생물을 본 적이 없어."

"당신이 다른 곳에 있을 때 와요. 아무도 있지 않을 때. 특히 인간이 있을 경우는 더더욱 오지 않아요."

그녀는 살며시 고개를 끄덕였다.

가넷이 방석을 앞발로 꾸욱 눌렀다. 방석은 오랜 시간이 지난 듯 너덜거렸다. 그녀는 허리를 곧게 펴며 자리에서 일어났다. 그리고 닐라를 향해 가까이 다가왔다.

"닐라, 당신은 이제 유명한 멸종 위기 동물을 보게 될 겁니다. 바다생물 중에 가장 대표적인 생물체가 무엇인지 아나요?"

닐라는 고개를 끄덕였다. 바다거북이겠지. 해양 쓰레기로 고통을 받고 있는.

가넷은 그녀의 생각을 읽은 듯이 갸르릉 거리는 울음소리를 냈다. 그녀의 눈이 밝게 빛났다. 조금 전보다 생기가 있는 눈망울이었다.

"바다거북은 정말 아름답고 신비로운 생물이죠. 납작한 등껍질과 새 부리 같은 입까지요."

가넷이 꼬리를 살랑거렸다. 그리고 입을 살짝 벌리더니 수염을 들었다.

"닐라, 이제 갈까요? 시간이 지났네요."

닐라는 억지로 몸을 일으켜 세우며 한숨을 내쉬었다. 머리로는 어서 가야 한다는 것을 알았지만 몸이 뜻대로 되지 않았다. 그걸 알아차렸는지 가넷이 더 가까이 다가왔다. 닐라는 그녀의 눈을 들여다보았다. 그녀의 눈동자는 아름다움 속에 가시를 숨긴 장미 같았고, 뜨겁게 타오르는 불꽃 같았으며, 지면 아래에서 심장을 펄떡거리는 마그마 같았다. 가넷의 눈동자를 더 바라보기는 힘들었다. 알 수 없는 공기가 그녀의 몸을 감싸는 느낌이 들었다.

닐라는 몸을 부르르 떨었다. 그리고 눈을 살며시 감고 가넷의 부드러운 이마에 자신의 이마를 맞닿게 했다.

짠 냄새를 풍기는 바람이 그녀를 찾아왔다. 거센 바람이 그녀의 옷깃을 건드렸다. 닐라는 그것이 바닷바람이라는 것을 깨달았다. 짠 바다 냄새가 그녀의 머리카락 사이를 휘감았다. 소금의 향기가 세지자 구역질이 나왔다. 닐라는 입을 손으로 틀어막고 이 바람이 어서 끝나기를 바랐다.

바람이 잠잠해지고 그녀는 주위를 둘러보았다. 이곳은 대서양 연안에 있는 어느 해변이었다. 에메랄드빛의 물결이 춤을 추듯 움직였고 갈매기들은 사람들 주위에서 먹이를 사냥 중이었다. 사람들은 어린아이와 친구, 사랑하는 사람과 함께 그 순간을 즐겼다.

닐라도 자신이 사랑하는 사람들과 함께 바다에 오고 싶다는 생각이 내심 들었다. 그녀는 하늘색 슬리퍼를 벗어 옆에 가지런히 두었다. 맨발로 모래사장을 밟았다. 거칠지만 부드러운 촉감이 그녀의 발을 감쌌다. 닐라는 긴 발가락을 조금씩 움직였다. 작은 모래 알갱이들이 발가락 사이로 들어왔다. 닐라는 묵묵히 바다를 바라보았다.

닐라는 슬리퍼를 한 손에 들고 해변에서 나왔다. 발에 달라붙은 모래를 손으로 털어내고 다시 슬리퍼를 신었다. 그녀는 허리를 펴며 고개를 돌렸다. 근처에 동물 보호소와 비슷한 시설이 하나쯤은 있을 거라고 생각했다.

그리고, 그 예상은 틀렸다. 아무런 시설도 없었다. 그저 있는 거라곤 부두에 묶여있는 작고 하얀 요트였다. 요트는 주인이 많이 아끼는지 광이 났다. 닐라가 그것을 보고 있을 때, 요트 주인으로 보이는 사람들이 나타났다. 그들의 모습은 뜻밖이었다. 거북이 티셔츠를 입은 모습. 닐라는 그들에게 다가갔다.

"안녕하세요? 저는 닐라 비비안입니다."

선글라스를 쓴 흑발의 여성이 그녀를 바라보았다.

"반가워요. 무슨 일이시죠?"

여성이 움직일 때마다 향수 냄새가 풍겼다. 닐라는 여성의 모습을 살펴보았다. 커다란 귀걸이와 목걸이, 거북이 티셔츠에 달라붙는 청바지를 착용하고 있었다.

닐라는 당황했다. 그저 행동이 앞섰다. 그녀는 뒷말을 생각하지도 않고 인사를 건넨 자신이 창피해서 귀가 후끈 달아오르는 느낌을 받았다. 닐라는 최대한 머리에 들어있는 생각을 쥐어짜 냈다.

"아……. 요트가 너무 예뻐요. 마치 빙판 같고 또……. 아, 그 정도로 요트에서 빛이 난다는 뜻이에요."

머리를 높게 말아 올려서 묶은 여성이 그다음 말을 기다린다는 표정을 지었다.

젠장. 뱉고 나니 너무 이상했다. 빙판이라고? 요트에다가 빙판 같다는 말을 한 사람은 세상을 둘러보아도 자신밖에 없을 거다.

여성의 옆에 있던 남자가 그녀를 미친 여자로 생각하는 것 같은 표정을 지었다. 바로 앞에 있는 바다에 몸을 던져 숨어버리고 싶다는 갈망이 들었다.

"오, 감사해요. 큰돈을 주고 사 왔어요. 그리고……. 빙판이라는 비유 멋지네요."

닐라는 먼저 말을 해준 여성이 너무 고마웠다. 그녀는 정신을 차리고 입을 열었다.

"혹시 바다거북을 보러 가나요?"

여성이 웃으며 말했다.

"맞아요! 저희는 바다거북을 찾아 사진을 찍어요. 이른바, 사진작가인 셈이죠."

"혹시, 저도 같이 갈 수 있을까요? 저도 바다거북을 너무 좋아해서요."

닐라는 마음속에서 자신의 손을 모아 기도했다.

다행히도 여성은 활짝 웃으며 대답했다.

"당연하죠! 지금 떠날 건데. 아, 뱃멀미 안 하시죠? 바다에 토하는 건……."

닐라는 양손을 휘휘 저었다. 비싼 요트 위에서 토를 하는 망신을 살 수는 없었다.

여성이 고개를 끄덕였다.

"좋아요. 저는 루퍼 셀리아[Ruper Celia]입니다. 그리고 저기 있는 분은 노아[Noah]고요. 활동명이죠."

노아가 손을 들어 인사를 건넸다.

닐라는 굳이 그의 본명을 묻지는 않고 그저 고개만 끄덕이며 알아들었다는 의사를 표했다.

셀리아가 그녀에게 배에 올라타라는 손짓을 건넸다. 닐라는 그녀가 내민 손을 살짝 잡아서 몸의 균형을 맞추며 배에 발을 올렸다. 하얀 요트가 바닷물의 파동에 맞춰 위아래로 흔들렸다. 닐라는 셀리아의 걸음을 따라갔다. 셀리아는 요트의 가장자리 의자에 앉아서 선글라스를 벗었다. 닐라도 그녀가 앉은 곳에서 손바닥 두 뼘 정도 떨어진 위치에 앉았다.

노아가 턱선까지 기른 갈색 곱슬머리를 손으로 빗으며 다른 한 손에는 비스킷 접시를 들고 그들이 앉아있는 곳으로 다가왔다. 셀리아가 밝게 웃으며 비스킷이 가득 올려진 접시를 양손으로 받았다. 접시에는 각양각색의 비스킷-동그란 것, 직사각형과 비슷한 것, 치즈나 초콜릿과 같은 토핑이 올려진 것-이 예쁘게 올려져 있었다. 셀리아는 그녀와 닐라 사이에 있는 공간에 비스킷 접시를 두었다.

"먹어보세요. 정말 맛있을 거예요."

셀리아는 동그란 모양의 비스킷을 엄지와 검지로 가볍게 들어서 입에 넣었다. 황갈색의 비스킷이 그녀의 말대로 정말 먹음직스럽게 보였다. 닐라는 직사각형 모양의 비스킷을 한입에 먹었다. 고소한 맛이 났다.

닐라는 미소를 지으며 말했다.

"정말이네요. 제가 먹어본 비스킷 중에서 가장 맛있는 것 같아요."

그러자 노아가 다가와 비스킷을 집어 들었다. 그는 뿌듯한 표정으로 말했다.

"그렇게 말해주시니 고맙네요. 그 비스킷은 저희 집안의 비밀 조리법이거든요. 아마도 할머니 때부터 전해진 듯하네요."

닐라는 가벼운 탄성을 내었다.

"이걸로 장사하셔도 되겠어요. 그 정도로 맛있다는 뜻이죠."

노아와 셀리아가 그녀를 보며 가볍게 웃었다.

그는 비스킷을 하나 더 입에 넣고 조종실로 들어갔다. 그러자 셀리아가 닐라에게 말했다.

"이제 출발하려나 봐요."

그녀는 장난스럽게 덧붙였다.

"토는 하지 마세요."

닐라는 그녀의 말에 그저 웃음을 지었다.

그들에 대화를 주고받을 때 노아가 창을 내리고 고개를 빼내며 큰 소리로 외쳤다.

"셀리아, 밧줄 좀 풀어서 묶어놔 줘."

셀리아는 그녀에게 하던 말을 멈추고 요트의 뒷부분으로 걸어갔다. 그녀는 부두에 묶인 밧줄을 능숙한 손길로 풀어 정리하였다. 그녀는 정리한 밧줄을 그곳에 두고 닐라에게 다가오며 그에게 말했다.

"다 했어, 노아. 출발해도 되겠어."

노아는 손으로 알겠다는 신호를 보낸 후 창을 닫았다. 그는 복잡해 보이는 조종대를 대범하게 조종했다. 배는 가벼운 진동음을 내다가 앞으로 나아갔다. 요트가 앞으로 나아갈수록 물길이 규칙적으로 퍼져나갔다.

요트가 묶여있던 육지는 어느새 멀어지고 있었다. 사람들이 작은 크기로 보이면서 시야가 넓어졌다. 함께 대화를 하는 사람들, 음악을 들으며 길을 가는 사람들, 목이 아픈지도 모르고 휴대전화만 뚫어져라 쳐다보는 사람들, 바다에서 각자의 여유를 즐기는 사람들까지. 다양한 사람들이 작은 공간에 모여있었다.

닐라는 멀어져 가는 사람들에게서 눈길을 돌렸다. 그리고 요란하게 파동치는 물결을 바라보았다. 그들이 지나가지 않은 자리는 고요했다. 그러나 그들이 지나간 곳은 물결이 즐거운 음악에 맞추어 춤을 추듯 요란했다. 닐라는 고개를 조금 더 들어 올려서 고요한 바닷물을 바라보았다. 수면은 그녀가 있는 곳에서부터 수평선 너머까지 아름답게 빛났다. 닐라는 자세를 고쳐 앉아 수평선 너머를 바라보려 애썼다. 수평선은 마치 수학자나 조각가가 자로 잰 듯이 반듯했다. 평면 도형 같았으며 그 너머는 보이지 않았다.

수평선은 사람의 인생과도 같았다. 사람은 자신의 미래를 다 안다고 생각한다. 하지만 그들이 생각한 대로 일이 흘러가지는 않는다. 많은 시행착오가 있고 나서야 그들은 자신이 원하던 방향으로 걸어갈 수 있다. 노력도 하지 않고 입만 움직이는 사람들이 수평선 너머로 나아가기란 불가능하다. 나아가더라도 언젠가 떨어지기 마련이다.

닐라는 잠시 생각을 멈추었다. 다시 뒤를 돌아보니 육지가 보이지 않았다. 그들은 대서양의 어딘가에 위치해 있었다. 그녀는 자리에서 일어났다. 배가 파도에 치여 흔들거리는 바람에 닐라는 휘청거렸지만, 다시 균형을 잡아냈다. 그녀는 천천히 셀리아에게 다가갔다. 셀리아는 배의 맨 앞에서 바다를 주시하고 있었다. 닐라의 발걸음 소리를 들었는지, 그녀는 고개를 돌려 뒤를 바라보았다.

"바다가 정말 아름답죠?"

닐라는 입을 열지 않고 고개만 끄덕였다. 그녀는 닐라에게 더 가까이 와보라고 손짓했다. 닐라는 넘어지지 않으려고 조심스럽게 걸음을 옮겼다. 그녀가 셀리아의 곁으로 다가가자, 셀리아는 닐라는 끌어당겨서 그녀가 배 위로 올라가도록 했다.

"셀리아!"

닐라가 놀라서 외쳤다.

"놀라지 말아요, 비비안. 바람을 느껴보세요. 앉아서 느끼는 것보다 더 좋을 겁니다. 바닷바람은 서서 맞아야 하거든요."

닐라는 옆에 세워진 봉을 왼팔로 감쌌다. 그리고 몸을 활짝 펴서 셀리아가 말한 대로 바람과 인사를 나누었다. 짠 소금의 향이 그녀의 코끝을 간지럽혔다. 그녀의 금발이 바람과 함께 날렸다. 닐라는 셀리아에게 말했다.

"당신이 말한 대로예요. 시원하네요."

셀리아가 어깨를 으쓱하며 대답하였다.

"그렇죠?"

닐라는 위에서 내려와 자리에 앉았다.

"언제부터 배를 탔어요?"

셀리아는 하늘을 바라보며 대답했다.

"2년 정도 되었어요. 처음에는 그저……. 일반적인 사진작가였죠. 풍경을 찍거나 사람을 찍었어요. 동물은 많이 찍지 않았죠. 그러다가 마침 바다 풍경을 사진기에 담으러 왔을 때 노아를 만났어요. 그는 요트를 가지고 있었죠. 어쩌다가 인사를 나누게 됐는데 그도 사진작가라고 하더라고요. 저도 당신처럼 무턱대고 배에 태워달라고 했어요. 멋진 사진을 찍고 싶다는 야망이 가득했었죠. 사실, 노아가 저의 부탁을 거절할 줄 알았어요. 그러나 그는 흔쾌히 제 부탁을 수락하더라고요. 그때부터 저희는 사진이 찍고 싶을 때 이곳에서 만났어요. 그 후에는 배를 타고 바다로 나갔죠."

셀리아는 신이 난 듯 더 큰 목소리로 떠들었다.

"두 달 전에 바다에서 붉은바다거북을 발견했어요. 그의 사진을 찍었는데 정말……. 표현할 수가 없는 기쁨이었어요. 아름답게 각이 져 있는 등껍질은 사진기에 담기지도 않더라고요. 입이 되게 특이했어요. 새의 부리와 비슷한 모습이었어요."

닐라는 작은 감탄사를 넣으며 그녀의 말을 듣고 있다는 표현을 했다.

붉은바다거북[Loggerhead Sea Turtle/학명: Caretta Caretta]은 대서양을 포함한 많은 바다에서 살아간다. 그들은 다른 거북과 마찬가지로 멸종 위기종에 포함된다. 이 거북은 장수거북 다음으로 크다고 알려진 대형 거북이다. 바다거북은 주로 해파리를 먹으며 생활한다. 그러나 해양 쓰레기의 모습이 해파리와 비슷하여 착각하고 그것을 먹기도 한다. 해양 쓰레기가 몸 안에 가득 싸인 거북은 죽음에 처한다. 바다 오염이 심각해 지면서 이러한 이유로 생을 마감하는 바다거북이 늘어났다. 그들이 멸종 위기종이 된 이유가 해양 쓰레기만 있는 것은 아니다. 어부들이 낡은 그물을 버리면 그것은 바다를 표류한다. 그러다 그물에 바다거북들이 걸리게 되면 그들은 그곳에서 빠져나오지 못한 채로 꼼짝없이 죽음을 맞이하게 된다.

그들의 입 모양이 새의 부리처럼 생긴 이유가 머리를 껍질 안으로 집어넣는 진화 과정에서 이빨이 불필요해졌고 부리 모양의 입으로 바뀐 게 아닌지 전문가들은 추측하고 있다. 새 부리와 닮은 입으로 바다거북들은 무는 힘이 굉장히 세다. 아주 커다란 녀석에게 손을 물리게 된다면 큰 고통을 느낄 거라고 생각했다.

닐라는 다시 뒤를 돌아보며 말했다.

"육지가 전혀 보이지 않네요."

셀리아가 옷으로 사진기의 렌즈를 닦았다.

"육지에서부터 얼마나 떨어졌는지 보고 올까요? 조금만 기다리세요."

그녀는 자리에서 일어나 조종실로 향했다. 그녀가 돌아올 동안 닐라는 요트의 모습을 다시 훑어보았다. 노아가 요트를 많이 아낀다는 생각이 들었다. 때가 탄 곳이 하나도 없었다. 정말 깨끗했다.

셀리아가 그에게 손을 흔들어 인사를 하고 그녀에게로 다가왔다.

"육지에서 약 23.6킬로미터 떨어졌네요."

닐라가 흘러나온 머리카락을 귀에 꽂으며 대답했다.

"멀리 왔네요."

셀리아는 고개를 두어 번 끄덕였다. 그녀는 바다를 내려다보았다. 무언가를 찾는 얼굴이었다.

"오늘은 날씨가 좋은데……."

닐라도 흑발 머리의 여성을 따라 아래를 보기 위해 요트 난간에 기대었다.

"무엇을 찾는 거예요?"

"바다거북이요. 전에도 이 위치에서 몇 번 본 적이 있어요. 그래서 이곳에 자주 오죠."

닐라가 유심히 살펴보며 말했다.

"이곳에 해파리가 많나 봐요."

셀리아가 잠시 고민했다. 기억을 되돌아보는 듯. 그러다가 살짝 웃었다.

"맞아요. 꽤 있었어요."

셀리아는 바닷속을 유심히 바라보다가 노아가 들을 수 있도록 외쳤다. 그녀의 목소리가 어찌나 큰지 바닷물의 표면이 요동칠 것 같았다.

"노아, 조금 더 가야 할 것 같아! 여긴 너무 고요하다고."

노아가 그 말을 들었는지 요트의 진동이 더 커졌다. 배는 굉음을 내며 바다를 가로질렀다. 물결이 'V' 자로 갈라졌다. 물의 표면에는 하얀 거품이 일렁였다.

그들은 5.7킬로미터를 더 이동했다. 닐라는 육지와 가까이 있을 때 먹은 비스킷이 조금 남아있는 것을 발견했다. 닐라는 그것을 하나 집어 입에 넣고 오물거렸다. 바다 냄새가 나는 것 같았지만 먹을만했다.

셀리아는 아직도 바다를 유심히 바라보았다. 바다거북에 대한 애정이 가득해 보였다. 셀리아의 표정이 변했다. 그녀는 인상을 쓰며 아래를 내려다보았다. 닐라도 셀리아가 응시하는 곳을 바라보았다. 바다보다 짙고 푸른 무언가가 유유히 헤엄치고 있었다. 그것은 천천히 수면 위로 올라왔다. 둥글고 강해 보이는 등, 납작하고 곡선이 돋보이는 앞다리, 새 부리 같은 입까지. 바다거북의 형체였다. 붉은바다거북은 수면 위에 입을 빼놓고 뻐끔거렸다. 셀리아가 서둘러 사진기의 버튼을 눌렀다. 뒤이어, 노아도 조종실에서 사진기를 가지고 나와 거북의 사진을 찍었다. 붉은바다거북의 사진을 찍은 두 사람은 환희에 찬 표정을 하고 있었다. 그들과 달리 거북의 표정이 심상치 않았다. 닐라는 배의 난간을 손으로 짚고 몸을 뻗어서 거북의 몸을 서둘러 살펴보았다. 등에는 따개비가 잔뜩 달라붙어 있었고 뒷다리에는 작은 그물이 엉켜있었다. 그물이 엉킨 다리는 살이 파여서 피가 나왔다. 닐라는 표정을 찡그렸다.

"셀리아……. 이 바다거북은 아파요."

그녀는 바다거북의 몸을 보더니 기다리라 말한 뒤 어디론가 달려갔다. 노아도 거북의 상태를 파악한 듯이 셀리아를 기다렸다.

셀리아는 커다란 뜰채를 들고 왔다. 그녀는 그것을 노아에게 건넸다. 노아는 뜰채를 받아 바닷물 속으로 집어넣었다. 붉은바다거북은 성치 않은 몸으로 뜰채를 피했다. 바다거북의 단단한 등이 뜰채에 부딪히면서 날카로운 소리가 들렸다. 이러다가는 바다거북이 수면 아래로 들어갈 것 같다는 생각이 들었다. 닐라는 옆에 있는 나무 막대로 거북의 몸을 쳐서 망으로 들어가도록 유인했다. 드디어 붉은바다거북이 망 안으로 들어왔다. 노아가 끙끙거리며 거북이 든 뜰채를 들어 올리는 걸 셀리아가 도왔다. 그들은 거북을 평평한 곳에 놓았다. 바다거북이 앞다리를 거세게 움직였다. 닐라는 자신의 작은 가방에서 응급 상자를 꺼냈다. 그리고 노아와 셀레아를 보며 물었다.

"가위 있어요? 그물을 자를 수 있는 가위요."

노아가 고개를 끄덕이더니 조종실로 들어갔다.

마음이 급했다. 바다거북은 스트레스를 많이 받으면 위험할 것이기 때문이었다. 닐라는 초조한 마음으로 거북의 오른쪽 뒷다리를 보았다. 가득 찬 피고름이 갈라진 피부 사이에서 흘렀다.

그녀는 셀리아에게 말했다.

"셀리아, 혹시 작은 칼 있어요?"

"아마 있을 겁니다."

"그러면 그것을 가져와 주세요."

"그러죠."

셀리아가 어디론가 걸어갔다.

닐라는 거북의 얼굴을 살며시 어루만졌다. 끈이 살에 파고드는 고통을 혼자 참고 있었다니, 생활할 때도 고통을 느꼈을 거다. 다행스럽게도 뒷다리에는 괴사가 일어나지 않았다.

노아가 조종실에서 나와 빠르게 걸어왔다.

"비비안, 가위요!"

그가 가져온 가위라면 그물을 제거할 수 있을 것 같았다. 닐라는 노아가 준 가위를 받으며 말했다.

"힘 좀 쓰나요?"

노아는 어깨를 으쓱했다.

"이 붉은바다거북은 분명히 발버둥 칠 겁니다. 도망가지 못하게 잡아줘요."

그는 닐라의 반대편에 쭈그리고 앉았다. 노아는 그의 몸무게를 실어 양손으로 거북을 눌렀다. 닐라는 그를 곁눈질로 바라보고 그물을 제거하기 시작했다. 오랜 시간 엉켜있던 터라 가위가 잘 들지 않았다. 거북은 차가운 가위가 상처 부위에 닿자 아픈지 앞다리를 휘저었다. 닐라는 그물을 조심히 잡아당겨서 약간의 공간을 만들고 그곳에 가위를 넣어 잘랐다.

"칼 가져왔어요!"

셀리아가 닐라의 옆에 앉았다. 그녀는 닐라에게 칼을 건넸다. 닐라는 고개를 끄덕여 그녀에게 고마움을 전했다.

그물이 조금씩 풀려갔다. 그물이 쉽게 잘리지 않아서 닐라는 그물을 조금 당길 수밖에 없었다. 바다거북은 끈이 조여오자 고통스러운 듯 심하게 발버둥 쳤다.

닐라는 다정하게 속삭였다.

"가여운 거북아, 괜찮아. 조금만 참아."

닐라가 속삭이는 사이 남아있던 그물이 모두 잘렸다. 셀리아가 거북의 등을 쓰다듬었다.

"많이 아팠겠구나."

닐라는 응급 상자를 열어 거즈로 고름을 닦았다. 하얗던 거즈 표면에 붉고 노르스름한 고름이 묻었다. 그리고 해양 동물에게 안전한 연고를 약간 발라주었다.

아직 거북의 치료는 끝나지 않았다. 등에 붙은 따개비들을 제거해야 했다. 따개비는 커다란 해양 생물에게 피해를 입힌다. 그들의 몸에 달라붙어 먹이를 섭취하고 이동한다. 따개비는 그들의 이동에 불편을 줄 뿐만 아니라 건강에도 악영향을 끼친다.

닐라는 셀리아에게 노아와 함께 거북의 넓적한 등껍질을 잡아달라고 부탁했다. 그녀가 노아의 반대편에서 거북의 등을 눌렀다. 닐라는 칼로 딱 달라붙어 있는 따개비들을 하나씩 떼어냈다. 얼마나 오랫동안 거북의 몸에 달라붙어 있었는지 추정하기 힘든 따개비들은 잘 떼어지지 않았다. 닐라는 있는 힘을 다해 따개비들을 제거했다. 그들이 하나씩 떨어질 때마다 붉은바다거북의 상징인 붉은 등이 드러났다. 마지막 하나까지 떼어내자 깨끗해진 거북의 등이 눈에 들어왔다. 닐라는 웃음을 지었다. 이마와 인중에는 땀이 맺혔고 힘을 준 팔은 아팠지만 웃음이 나왔다.

"와, 수고가 많았네요. 거북의 움직임이 한결 편해 보여요."

셀리아가 웃으며 말했다.

"이제 이 붉은바다거북을 녀석의 집으로 돌려보내 줄까요?"

닐라는 그녀에게 물었다. 그러자 노아가 자리에서 벌떡 일어났다.

"그래야죠. 근데 사진 좀 찍을까요?"

그녀는 노아의 말에 고개를 끄덕였다. 한 가지 의문이 있었다. 자신이 사진기에 찍히면 어떻게 될까?

셀리아가 사진기에 그들이 모두 나오도록 팔을 높이 들었다. 그녀는 숫자를 세고 버튼을 눌렀다. 사진기 속에는 그들과 한가운데 놓인 거북이 있었다.

노아가 거북을 들었다.

"보내줄게요."

그녀와 셀리아가 고개를 끄덕였다.

그가 붉은바다거북을 바다에 빠트리자 물이 요트에 튀기며 일렁였다. 거북은 가벼워진 몸으로 유유히 바닷속으로 헤엄쳐 들어갔다. 그들은 거북의 뒷모습을 말없이 응시했다. 거북이 그들의 시야에서 완전히 사라지자, 노아가 입을 열었다.

"돌아갑시다."

그는 조종실로 들어갔다. 요트는 큰 진동과 함께 그들이 온 길을 돌아갔다.

셀리아가 말했다.

"오늘은 최고의 날이었어요."

그녀의 말과 함께 주위가 희미해졌다. 닐라는 바람에 몸을 맡겼다. 셀리아의 목소리가 더 들리지 않았다. 그녀는 바다의 향기를 들이마셨다. 닐라는 편하게 눈을 감았다.

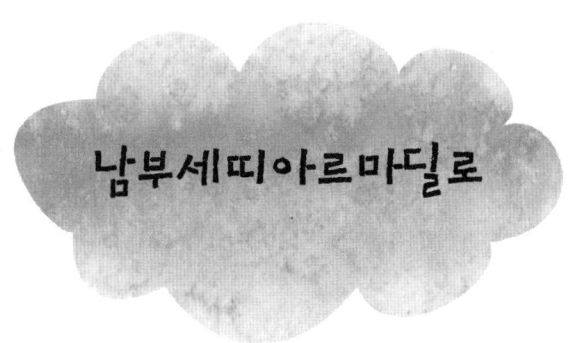

남부세띠아르마딜로

소음이 사라졌다. 바람도 사라졌다. 닐라는 눈을 천천히 떴다. 가넷의 집.

다시 돌아왔다.

그녀는 가넷을 불렀다. 궁금한 것이 있었다.

"가넷. 어디 있어?"

검은 형체가 식탁 아래에서 나왔다. 그녀는 허리를 활처럼 말아 올렸다가 폈다. 가넷의 눈동자가 반짝였다.

"잘 다녀왔나요?"

"응. 궁금한 게 있어."

가넷은 수염을 움찔거렸다.

"내가 사진을 찍었는데 그건 어떻게 돼?"

검은 고양이는 기분 좋은 가르랑 소리를 내며 대답했다.

"그 사진에서 당신만 사라집니다. 당신이 있던 자리는 비어있겠지만요."

닐라는 그녀의 말을 가만히 들었다. 자신이 사라진다는 것이 마음에 들지 않았다.

"알겠어."

가넷이 자리에 앉았다.

"여기에 왔다 간 생물이 있었어?"

닐라는 전에 가넷이 했던 말을 돌아보았다. 어떤 생물이 왔을지 궁금했다.

"눈표범이요. 한 쌍의 짝이 왔어요. 닐라가 구해주었던 이들이죠."

"정말? 어때 보였어?"

"좋았어요. 건강해 보였죠."

닐라는 다행이라고 중얼거렸다. 눈표범을 구하는 것은 그녀의 첫 임무였다. 그들이 이곳에 왔었다니 놀라웠다.

"그런데……. 그들이 있던 곳은 여기와 멀어."

가넷이 다정하게 말했다.

"누구나 올 수 있다고 했잖아요. 어디에 살든지 중요하지 않아요."

그녀는 고개를 끄덕였다.

"혹시라도 내가 만난 생물 중 하나가 찾아오면 알려줘."

가넷은 꼬리 끝을 튕기며 알겠다는 의사를 표했다. 검은 암고양이는 제자리에서 빙그르르 돌고 자리에 앉았다. 그녀는 까끌거리는 혀로 엉킨 털을 핥아 풀었다.

"바로 갈까요?"

닐라는 대답했다.

"그래."

"당신은 아르헨티나로 갈 겁니다. 이번에 만날 동물은 꽤 희귀해요. 남부세띠아르마딜로[Southern Three-Banded Armadillo/학명: Tolypeutes Matacus]라는 녀석이죠. 들어보았나요?"

닐라는 고개를 저었다. 들어본 적도 없었다.

"모르시니까······. 그 녀석에 대해 간단히 알려드릴게요. 남부세띠아르마딜로는 아르헨티나 북부에서 살아가요. 그들은 멸종위기 종은 아니에요. 하지만 멸종할 가능성이 높아요. 아주 많이요."

닐라는 호응했다. 그녀는 자리에서 일어났다.

"이제 가야겠지? 이 일도 어서 해결하고 싶으니까."

가넷이 그녀의 이마에 자신의 이마를 닿으며 중얼거렸다.

"행운을 빌어요."

닐라의 곁에 뜨거운 바람이 소용돌이쳤다. 그 바람은 그녀의 시야를 가렸다. 닐라는 속이 울렁거리는 것을 참으며 손으로 눈을 가렸다.

신발을 신은 발이 부드럽게 땅 아래로 들어가는 느낌이 들었다. 닐라는 눈을 비비며 아래를 내려다보았다. 옅은 황갈색 모래가 바람에 흩날렸다. 아르헨티나 북부는 사막지대였다. 뜨거운 햇빛이 구름을 뚫고 나왔다. 작은 돌 위에 볏이 뾰족하게 선 도마뱀이 햇빛을 즐기고 있었다. 회갈색의 파충류는 그녀의 움직임을 보고 놀라 긴 꼬리를 흔들며 번개처럼 돌 아래로 들어갔다.

  닐라는 신발 위에 쌓인 모래를 털고 아무것도 보이지 않는 사막을 무작정 걸었다. 구조대나 보호소 같은 몇몇 건물이 있는 곳인 줄 알았지만, 그것은 그녀의 착각이었다. 황갈색 모래에 뿌리를 내리고 있는 마른 풀과 선인장만이 보였다. 물도 없고 건물도 없고 더욱이 사람도 없었다. 이런 것은 처음이었다. 지금까지 닐라가 이 신비한 임무를 할 때 사람이 있었다. 하지만 이번은 그녀 혼자였다. 그녀는 주위에 가넷이 있기를 바랐다. 아무도 없는데 그녀 혼자서 어떻게 남부세띠아르마딜로를 찾을 수 있을까? 그 녀석은 운이 좋아야 만날 수 있었다. 막막함을 느꼈다.

  그녀는 앞으로만 나아갔다. 커다란 사막에 그녀 혼자 덩그러니 놓여있었다. 뜨거운 햇빛과 바람을 타고 날아오는 따가운 모래가 그녀를 괴롭혔다. 닐라는 나지막한 욕을 내뱉었다. 그 녀석을 혼자 찾기란 사막에서 바늘 찾기와 같았다. 이마와 인중에 땀이 송글송글 맺혔다. 닐라는 손 등으로 이마를 닦았다.

  앞에 커다란 선인장이 보였다. 적어도 2미터는 되어 보였다. 그녀는 선인장의 가시가 없는 부분을 손가락 두 개로 만졌다. 매끈했다. 바닥에 끊겨서 떨어져 있는 선인장의 부분이 그녀의 발에 걸렸다. 닐라는 허리를 숙여 그것을 주웠다. 선인장은 마디가 끊기더라도 바닥에 떨어지면 그곳에 다시 뿌리를 내린다. 그것이 선인장이 선택한 효율적으로 자손을 번식할 수 있는 방법이다. 닐라는 그것을 바닥에 다시 두었다. 언젠가 뿌리를 내리겠지. 포식자에게 먹히지만 않는다면 말이다.

닐라는 다시 발걸음을 옮겼다. 모래언덕을 오르고 내렸다. 내리막에서 모래가 흘러내리는 바람에 비명을 지르며 엉덩방아를 찧었다. 그녀는 모래에 손을 짚었다. 손가락 사이사이로 자잘한 모래 알갱이들이 들어왔다. 닐라는 다시 일어났다. 다시 아무 생각 없이 걸었다. 그녀는 자신이 어느 방향으로 가는지도 생각하지 않았다. 위치를 몰랐다. 그녀는 더위에 찌들어 가면서 중얼거렸다.

"하느님, 뜨겁게 타오르는 태양을 잠시만이라도 구름에 가려 주실 수는 없나요?"

그녀의 바람에도 태양은 보란 듯이 더욱 찬란하게 빛났다. 닐라는 한숨을 쉬고 다시 걸음을 움직였다. 근육이 점점 굳어가는 느낌이 들었다. 잠깐만 서 있어도 땀이 비가 오듯 쏟아지는 곳에서 계속 움직이는 건 고통스러웠다. 그녀는 다리가 저리는 고통에 신음했지만 움직임을 멈추지 않았다. 닐라는 주먹을 쥐고 적당한 힘으로 허벅지를 쳤다. 근육이 풀리기를 바랐다.

"남부세띠아르마딜로는 어디 있는 거야. 다리는 왜 이 모양이고?"

닐라는 투덜거리며 걸었다. 지금까지 본 생물은 마른풀과 선인장, 도마뱀. 그나마 움직이는 거라곤 도마뱀뿐이었다. 닐라는 발을 집어삼키는 모래를 무시했다. 가넷에게 빨리 돌아가고 싶었다. 가넷이 어떠한 임무를 시키더라도 -이 임무를 그녀에게 시킨 이는 가넷만이 아니라 모든 생명체이다- 이 더위보다는 좋았다. 훨씬, 비교할 수 없을 정도로.

결국 닐라는 그 자리에 털썩 주저앉고 대자로 누웠다. 힘이 나지 않았다. 목이 너무 말랐다. 그녀는 손으로 눈을 가렸다.

"더는 못 하겠어. 가넷, 보고 있어? 네가 전에 그랬잖아. 내 곁에 있다고. 있다면 나 좀 도와줘."

닐라는 잠시 눈을 감았다. 휴식이 필요했다. 햇빛 때문에 하늘을 올려다보기 힘들었다. 눈앞이 지글거렸다. 닐라는 편하게 숨을 쉬려고 노력했다. 모래도 뜨거워서 사우나 같았다.

그때, 누군가 그녀의 어깨를 툭툭 건드렸다. 닐라는 천천히 얼굴에 올렸던 손을 내리고 눈을 떴다. 작은 도마뱀이었다. 처음에 그녀가 발견했던 도마뱀과 비슷한 생김새였다. 닐라는 그 녀석이 그저 지나가는 파충류인 줄 알았다.

"닐라, 일어나요."

닐라는 놀라서 벌떡 일어났다. 그녀의 웨이브 진 금발 머리에 여러 개의 모래 알갱이들이 달라붙어 있었다. 그녀는 도마뱀을 빤히 바라보았다. 그녀의 눈이 동그랗게 커졌다.

"뭐……. 뭐야?"

도마뱀이 꼬리를 휙 휘둘렀다.

"놀랐죠? 저예요. 가넷."

닐라는 고개를 오른쪽으로 치우쳤다.

"너라고?"

"당신이 날 불렀잖아요. 도와달라고. 아닌가요?"

닐라는 마른 목소리로 대답했다.

"도와달라고 부른 거 맞아. 네 말이 정말이었네……. 그냥 해본 소리였어. 너무 힘들어서."

"닐라, 난 거짓말하지 않아요. 내 말은 모두 다 믿어도 돼요."

닐라가 고개를 끄덕였다.

"나 어떡해? 그 아르마딜로를 어떻게 찾아야 할지 모르겠어. 방법이 떠오르지 않아."

"그래서 제가 왔잖아요. 우선 이곳을 중심으로 하여 동쪽으로 가세요. 걷다 보면 작은 오아시스가 있을 거예요. 그곳에서 목을 축이세요. 그리고 그 오아시스를 중심으로 남동쪽으로 걸어요. 그럼, 녀석을 만날 수 있을 겁니다."

닐라가 알겠다고 대답하려 했을 때, 가넷은 이미 사라지고 난 뒤였다. 닐라는 몸에 달라붙어 있는 모래를 손으로 털어내고 자리에서 일어났다. 가넷이 그녀에게 동쪽을 향해서 걸으라고 했다. 그녀는 가넷이 알려준 방향으로 걸었다. 자신이 찾아야 할 생명체가 있는 장소도, 목을 추릴 수 있는 장소도 알게 돼 몸에 힘이 났다. 그녀는 속도를 냈다. 서둘러서 가야 이곳을 벗어나겠지.

그녀는 비슷한 풍경을 무시하고 걸었다. 모래언덕, 뜨거운 태양, 선인장과 마른풀. 계속해서 걸었다. 속도를 줄이지 않았다. 그렇다고 속도를 올리지도 않았다.

한참을 걸었다. 저 멀리 푸른 형체가 보였다. 닐라는 달렸다. 모래가 그녀의 발을 잡아당겨도 달렸다. 오아시스가 보였다. 닐라는 미끄러지듯 언덕을 내려갔다. 오아시스에 도착하자마자 무릎을 꿇고 앉아 물을 마셨다. 물이 오염되어 있을지 생각할 겨를이 없었다. 그녀는 허겁지겁 손으로 물을 떠 마셨다. 정신을 차린 그녀는 고개를 들어 오아시스의 물의 상태를 보았다. 다행하게도 맑았다. 그녀는 자리에서 일어나 보지 못했던 주위를 보았다. 푸른 나뭇잎을 가진 나무들이 오아시스를 둘러싸고 있었다. 닐라는 숨을 고르고 가넷이 말했던 남동쪽으로 걸음을 옮겼다.

"어서 가자. 아르마딜로를 구하러."

그녀는 다시 모래언덕을 올랐다. 발이 미끄러졌다. 그녀는 뱀이 바닥을 기듯 올라갔다.

태양은 아직도 힘을 잃지 않았다. 그녀의 온몸이 땀에 찌들었다. 옷이 땀에 젖어 몸에 달라붙었다. 닐라는 손으로 옷을 잡고 바람이 들어올 수 있도록 펄럭였다.

"하아……. 이 하늘엔 구름이 없는 거야?"

닐라는 짜증스러운 목소리로 말했다. 그녀는 고개를 살짝 흔들었다. 머리카락에 맺혀있던 땀방울이 허공에 튀었다. 닐라는 서둘러서 걸었다. 황갈색 사막에서 황갈색 아르마딜로를 발견할 수 있을지 의문이 들었다.

그녀는 잠시 멈췄다. 그리고 신발을 벗어 안에 들어간 모래를 털어냈다. 모래가 쏟아졌다. 닐라는 신발을 다시 신고 발을 움직였다. 모래가 그녀의 발에 밀려 흩날렸다. 닐라는 길을 잃지 않도록 집중했다. 이곳에서 가넷이 알려준 길마저 잃어버린다면 큰일이었다.

그녀는 달렸다. 얼마나 달렸는지도 모르겠다. 한참을 달린 끝에 모랫바닥에 발자취를 남기며 느릿느릿 걸어가는 녀석이 보였다. 드디어 찾았다. 닐라는 기쁨에 젖어 환호성을 질렀다.

그녀는 있는 힘껏 힘을 내서 달렸다. 드디어 그녀가 찾아 헤매던 녀석이 그녀의 바로 앞에 있었다. 황갈색 몸과 둥근 등. 이등변삼각형 같은 얼굴까지.

기쁨도 잠시, 그녀의 시야에 무언가 들어왔다. 아르마딜로의 건너편에 있는 풀숲에서 번쩍이는 눈을 발견했다. 아르마딜로의 곁엔 포식자가 있다.

오실롯.

오실롯[Ocelot/학명: Leopardus Pardalis]은 호리호리한 몸을 가지고 있었다. 고양이의 크기보다는 두세 배 정도 더 큰 몸집을 가졌고 얼굴이 정말 작다. 표범과 비슷해 보이는 매력적인 점박이 무늬가 시선을 끌었다.

녀석은 아르마딜로를 사냥할 목적을 가지고 있다. 아르마딜로는 포식자가 근처에 있는지도 모른 채 천천히 모랫바닥을 기어갔

남부세띠아르마딜로

다. 오실롯의 커다란 눈망울이 반짝였다. 녀석은 입맛을 다셨다.

닐라는 남부세띠아르마딜로가 있는 곳으로 천천히 다가갔다. 오실롯이 녀석과 그녀 자신을 공격하지 않기를 바랐다.

오실롯이 강한 뒷다리를 이용해서 아르마딜로의 등 위로 뛰어들었다. 갑작스러운 공격에 놀란 녀석은 서둘러 몸을 둥글게 말았다. 오실롯은 아르마딜로의 등을 이빨로 깨물었다. 아르마딜로의 등이 딱딱한 갑옷의 역할을 해서 다행이었다.

아르마딜로의 등에 이빨을 넣지 못한 오실롯은 빈틈을 찾으려 노력했다. 날카로운 발톱을 가진 앞발로 녀석의 몸을 긁었다. 녀석의 발톱이 지나간 자리에 피가 맺혔다.

닐라는 오실롯이 녀석을 공격하자 오실롯을 쫓으려 뛰어왔다. 그녀를 본 작은 맹수는 몸을 숙였다. 목구멍을 울리며 그르렁거렸다. 오실롯은 그녀를 경계하고 있었다.

닐라는 더욱 가까이 다가갔다.

오실롯이 하악질을 하며 더 이상 다가오지 말라는 경고를 날렸다. 닐라가 그 경고를 지키지 않는다면 오실롯은 그녀에게 뛰어들 것만 같았다.

하지만 닐라는 어깨를 으쓱했다. 아직 어린 오실롯이었다. 그다지 위험하지 않을 것 같았다. 그리고 몸을 더욱 크게 보이기 위해 팔을 휘저으며 녀석에게 천천히, 그리고 아주 조심스럽게 가까이 다가갔다.

결국 오실롯이 아르마딜로를 두고 도망갔다.

닐라는 녀석이 풀숲으로 들어가는 것을 지켜보다가 아르마딜로를 보기 위해 몸을 낮췄다.

남부세띠아르마딜로의 몸에는 긁힌 상처가 있었다. 그리고 몸을 떨었다. 닐라는 녀석이 몸을 펴길 기다렸다. 겁을 먹은 녀석이니 조금은 기다려야 할 것 같았다.

잠시 후, 녀석은 둥글게 만 몸을 느리게 폈다. 오실롯이 주위에 있는지 경계하면서.

"괜찮아. 녀석은 떠났어."

닐라가 다정히 말했다. 그녀를 보고 겁을 먹지 않기를 바랐다. 그러면서 녀석의 상태를 살폈다. 약간의 탈수 증상이 있는 것 같았다.

아르마딜로는 갑옷 같은 등을 바닥에 닿도록 옆으로 누웠다. 숨을 쉬기가 버거워 보였다. 닐라는 녀석의 행동을 자세히 살펴보고 나서 오아시스에서 담아둔 물을 아르마딜로의 입 주위에 부어주었다. 아르마딜로는 혀를 낼름거리며 물을 받아 마셨다. 닐라는 그가 물을 충분히 마실 수 있도록 도와주었다.

사막지대에서 살고 있는 동물도 버티기 힘겨운 날씨였다. 더구나 천적에게 위협까지 받았으니.

닐라는 아르마딜로가 물을 마시지 않는 모습을 본 후, 남아있는 물을 그녀의 입안에 부었다. 물이 목구멍을 타고 넘어오자 살 것 같았다. 그녀는 숨을 크게 들이마셨다.

아르마딜로가 귀를 까딱이며 자리에서 일어났다. 물에 젖은 머리가 햇볕에 반짝였다.

"이제 괜찮은 거지?"

아르마딜로는 고개를 살짝 들어 그녀의 얼굴을 바라보았다. 그의 깊고 검은 눈동자는 마치 고마움을 전하는 눈빛이었다. 닐라는 녀석의 콧잔등을 어루만졌다.

뜨거운 모래바람이 그녀의 곁에서 소용돌이쳤다. 닐라는 가벼운 미소를 짓고 바람에 몸을 맡겼다.

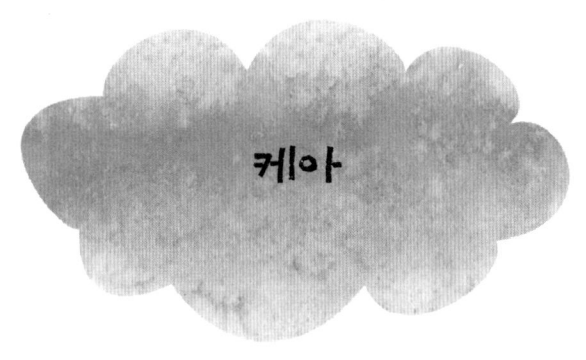

닐라는 자신이 다시 동물원 속 비밀의 공간으로 돌아온 것을 느꼈다. 신기하게도 땀에 젖어있던 옷은 뽀송하게 말라있었다.

닐라는 가넷을 찾았다.

"가넷, 나 왔어."

구석에서 검은 형체가 그녀에게 달려오는 것이 보였다. 닐라는 기분 좋게 웃었다. 가넷이 이렇게 좋았던 적은 처음이었다.

"성공했네요. 고생 많았어요, 닐라."

닐라가 고마움이 담긴 목소리로 말했다.

"사막에 와서 날 도와줬던 거 정말 고마워. 그때 제대로 인사를 전하지 못했던 것 같아."

가넷이 그녀의 다리 사이를 돌아다니며 그녀의 다리를 머리로 박았다. 가넷이 가르랑거리는 소리가 들렸다.

"닐라, 당신은 내가 필요할 때 부를 수 있어요. 아까처럼요. 그럼 내가 당신에게 가서 도움을 줄게요."

닐라가 고개를 끄덕여 알았다는 의사를 전했다.

암고양이는 문득 떠오른 것이 있는지 수염을 위로 들어 올렸다.

"아, 맞아요. 이번에는 바다거북이 왔었어요. 이걸 전해주라고 하더라고요."

가넷이 식탁 밑에서 작은 조개껍데기를 입에 물고 나왔다. 그녀는 닐라에게 그것을 건넸다. 조개껍데기는 하얀 빛깔이다. 닐라는 아름다운 조개껍데기는 들고 손가락으로 문지르다가 물었다.

"근데 바다거북은 물에 살잖아. 여긴 땅이고."

가넷이 귀를 쫑긋 세웠다. 그녀의 목소리는 달콤한 우유 크림처럼 부드러웠다.

"오, 닐라. 바다거북은 알을 낳을 때 잠시 물 밖에 있을 수 있어요. 무슨 뜻인지 이해했죠?"

닐라는 깨달음을 얻은 듯이 작은 탄성을 질렀다.

"사막은 너무 더웠어. 이제 내가 사막에 갈 일은 없는 거지? 그렇다고 말해줘, 가넷."

닐라는 눈으로 검은 고양이의 붉은 눈을 빤히 바라보았다.

가넷이 기분 좋게 가르랑거리며 대답했다.

"걱정 말아요. 이제 없으니까요."

닐라는 다행이라는 듯이 한숨을 내쉬었다.

가넷이 다시 말을 이었다.

"출발할까요?"

닐라는 짧게 대답했다.

"그래."

"이번에는 뉴질랜드 남섬 고산지대에 살고 있는 케아[Kea/학명: Nestor Notabilis]를 만날 겁니다. 매처럼 보일 수도 있으나 앵무새죠."

가넷이 가벼운 발걸음으로 걸어와 그녀의 이마에 자신의 이마를 맞대었다.

익숙한 바람이 불어오며 그녀를 뉴질랜드로 이동시켰다. 닐라가 눈을 떴을 때, 가넷이 말한 남섬의 고산지대에 있었다. 닐라는 남섬의 풍경을 둘러보았다. 아래가 훤히 보였다. 아름다운 자연환경과 관광지가 눈에 들어왔다. 관광객들은 한껏 꾸민 채로 사진을 찍었다. 닐라는 그들에게서 눈길을 돌리고 위를 바라보았다. 눈표범의 서식지와 비슷하였지만, 조금 더 푸르렀다.

이번에는 자신과 함께해 줄 사람이 있기를 간절히 바랐다. 혼자는 너무 힘들었다. 닐라는 언덕을 올라갔다. 사람의 목소리가 들렸다. 그녀는 서둘러서 언덕을 오른 후 앞을 보았다. 몇몇의 사람들이 그녀의 소리를 듣고 고개를 돌렸다. 그들은 망원경과 여행 배낭을 메고있었다. 닐라는 숨이 차서 헉헉거리며 물었다.

"혹시……. 케아를 찾으러 가시나요?"

그녀와 비슷한 나이대로 보이는 남성이 대답했다.

"맞아요. 무슨 일이죠?"

닐라가 곧바로 대답했다.

"저도 같이 가고 싶어요."

금발 남성이 옆에 있는 사람들과 대화를 나누는 소리가 들렸다. 닐라는 그사이에 숨을 골랐다. 고산지대는 여전히 익숙하지 않았다.

남성이 뒤를 돌며 외쳤다.

"좋아요. 전 아덜트 에릭[Aldert Eric]입니다. 그쪽은 이름이?"

"전 닐라 비비안입니다."

에릭이 환한 미소로 옆에 있는 흑발 여성과 갈색 머리칼을 가진 남성을 소개했다.

"이쪽은 그레이스 하모니[Grace Harmony]이고."

하모니도 그녀 또래로 보였다. 그녀가 웃으며 닐라에게 인사를 건넸다.

"그 옆에 남성은 마빈 리[Marvin Lee]."

리는 중년의 남성으로 보였다. 갈색 머리카락처럼 갈색 수염이 멋지게 자라있었다. 그의 웃음은 자상했다.

"비비안이라고 했죠? 만나서 반가워요. 에릭이 날 소개해 줬듯이 난 하모니예요."

그녀는 자신을 다시 한번 소개했다.

"우리와 함께 케아를 찾아보죠."

리가 악수를 건넸다. 닐라는 그의 악수를 받아주었다. 리의 손은 많이 건조했다.

하모니가 그녀의 어깨를 툭툭 쳤다.

"혹시 망원경 있어요?"

닐라는 고개를 저었다. 무작정 온 거라 아무 준비도 하지 않았었다.

"그럼 제가 빌려드릴게요. 전 두 개 있어요."

닐라는 하모니가 건네는 망원경을 공손하게 받았다.

"고마워요, 하모니."

"별말씀은요."

하모니가 활짝 웃음을 지었다.

리가 둘에게 말했다.

"언덕으로 올라가 보죠. 케아는 높은 곳을 좋아하거든요."

닐라는 하모니에게 웃음을 지어준 후 리를 따라 걸었다. 리는 조금 통통한 체형이었다. 하지만 체력으로는 그를 따라갈 사람은 없는 듯했다. 그는 가파른 언덕을 평지처럼 걸었다.

닐라가 에릭에게 말했다.

"케아는 맹금류와 싸우더라도 이길 것 같아요."

에릭이 이마에 맺힌 땀을 손등으로 닦으며 입을 열었다.

"아마 이길 뿐만 아니라 죽일 수도 있을걸요. 녀석이 건강한 양도 사냥할 수 있다니."

그의 말은 사실이었다. 케아는 원래 곤충을 주식으로 했지만,

인간들이 그곳에 농장을 만들어 양을 키운 뒤로 먹이가 줄어들자, 양을 사냥했던 것이다.

"그리고 그 앵무새는 지능도 아주 높죠. 말썽꾸러기예요. 자동차의 창문도 부리로 쪼아 깨뜨린 사례도 보고되었을 정도니까요."

닐라는 그의 말에 호응으로 화답했다.

"아주 사나워서 망원경으로 관찰해야 안전한 거죠. 녀석은 사람을 두려워하지 않으니……. 아, 혹시 망원경 있어요?"

닐라가 미소를 지으며 대답했다.

"그럼요. 제가 당신들을 처음 만난 자리에서 하모니가 빌려주었어요."

에릭이 피식 웃었다.

"하모니는 항상 망원경을 두 개나 가지고 다녀요. 예전에 케아를 발견한 적이 있는, 그때 망원경을 잃어버려서 관찰하지 못했다고 들었어요."

"그래서 하나를 더 챙겼던 거군요."

둘은 앞서가는 리와 하모니의 뒤를 따라갔다. 그들의 걸음이 너무나 빨라서 따라가기에 버거웠다. 닐라는 거친 숨을 내쉬며 그들을 따라갔다. 그녀를 발견한 하모니가 걸음을 늦춰 그녀 옆에서 걸었다. 닐라는 그녀를 바라보았다. 하모니는 웃으며 그녀 옆에서 콧노래를 흥얼거렸다. 그러다가 닐라를 보기 위해 고개를 획 돌렸다.

"비비안, 힘들어요? 고산지대에 와본 적 있어요?"

그녀는 눈표범을 구하러 갔을 때를 회상하며 대답했다.

"조금요. 거의 안 왔어요. 여전히 익숙하지 않네요. 하모니, 당신은 고산지대에 많이 와본 것 같네요."

하모니의 머리카락이 바람과 춤을 쳤다. 그녀는 살짝 웃으며 대답했다.

"난 고산지대에서 태어났어요. 그래서 익숙하죠."

어쩐지 하모니의 발걸음은 매우 가벼워 보였다. 그녀가 말을 이었다.

"그래서 저는 이런 해발 고도가 높은 지역도 다른 사람들보다 잘 다닐 수 있죠."

"좋겠어요."

하모니가 잠시 뜸을 들이다 대답했다.

"…… 뭐. 좋은 점도 있죠. 하지만 외로워요. 사람들이 많이 살지 않아서."

닐라는 사막에서 혼자 있었을 때를 떠올리며 공감했다.

"저도 혼자 사막에 간 적이 있어요. 그 커다란 사막에서 혼자 덩그러니 서 있으니 외롭더라고요."

하모니가 놀란 표정을 지었다.

"혼자요? 대단한걸요. 이유를 물어도 될까요."

닐라는 방긋 웃으며 대답했다.

"안 될 게 있나요? 아르마딜로를 찾으러 갔어요. 남부세띠아르마딜로요."

"저도 그 녀석을 좀 알아요. 본 적은 없지만요. 그래서 찾았나요?"

닐라는 고개를 끄덕였다.

"녀석이 오실롯에게 위협받고 있던 걸 구해주었죠. 또한 탈수 증상이 있었어요. 물을 먹여서 해결했지만요."

하모니가 손으로 자신의 입을 가렸다.

"다행이네요."

"그렇죠."

그때, 에릭의 목소리가 들렸다.

"저기요! 딴짓하지 말고 얼른 와요!"

둘은 서로의 눈을 바라보며 웃고 빠르게 걸음을 옮겼다. 그들이 리와 에릭을 따라잡자 중년 남성이 말했다.

"여기서부터는 케아의 서식지입니다. 집중하죠."

그는 미세하게 웃었다. 그의 눈가에는 옅은 주름이 있었다.

그들은 망원경을 하나씩 손에 쥐었다. 그리고 바닥에 앉아 주위를 둘러보았다. 아래가 훤히 내려다보였고 작은 새들이 노래를 불렀다. 푸른 식물들이 싱싱하게 자라고 있었다. 닐라는 바닥에 난 풀들을 손으로 쓰다듬고 망원경을 들었다. 케아는 보이지 않았다.

"저기 있는 노란 새, 아름답네요."

닐라는 리가 보는 방향을 망원경으로 바라보았다. 짧은 꼬리를 가진 새였다. 노란 깃이 반짝였다. 그 새는 나무에 열린 자주색의 열매를 따 먹고 있었다. 닐라는 잠시 생각에 빠지더니 그를 바라보며 물었다.

"있잖아요, 리. 혹시 펜과 종이 있어요?"

"흐음……. 잠시만요."

그는 가방 속을 손으로 뒤졌다. 그러다가 옅은 미소를 지니며 그녀에게 펜과 노트를 건넸다. 닐라는 그것들을 받아들고 고마움을 전했다.

"뭐 하려고요?"

리의 물음에 닐라는 그의 갈색 눈동자를 바라보며 말했다. 그의 눈동자에는 따뜻함이 묻어났다.

"아, 그림을 그리려고요."

리가 고개를 끄덕였다.

"그림 그리는 걸 좋아하나 봐요."

"맞아요. 취미죠."

닐라는 망원경으로 새의 모습을 들여다보며 대답했다. 아름다운 노란 깃을 가진 새는 여전히 그 자리에 있었다. 새는 뭉툭한 부리로 열매를 쪼아댔다. 닐라는 펜으로 새의 윤곽을 그렸다. 그녀의 손이 현란하게 움직이면서 새의 모습이 종이 위에 나타났다. 닐라는 그림에 음영과 작은 디테일도 그려 넣었다. 그림이 완성되자 닐라는 만족스러운 웃음을 지었다. 옆에서 그것을 지켜보던 리가 입을 열었다.

"와우, 잘 그리시네요."

"감사해요. 그림으로 추억을 남기는 걸 좋아하거든요."

닐라가 종이를 찢어서 그에게 건넸다.

"가지세요."

리가 손사래 치며 말했다.

"엇, 전 괜찮아요. 추억을 그림으로 남기는 거라면서요. 그러면 당신이 가져야죠."

닐라는 따뜻한 웃음을 지어 보이며 그에게 말했다.

"그냥 가져주세요. 제가 원래 남에게 이런 걸 잘 주지는 않는답니다."

닐라의 목소리는 어린아이처럼 장난스러웠다.

리가 입을 열었다.

"하지만……."

닐라가 큰 소리로 말했다. 그리고 자리에서 일어나 종이를 아래로 던지려는 척을 했다.

"리가 이걸 받지 않겠다면……! 뭐, 버려야겠네요."

리가 놀란 표정을 지었다.

"리! 그냥 받아줘요! 얼른 받아주지 않으면 케아가 놀라서 도망가겠어요."

하모니의 말투에는 약간의 짜증이 담겨있었지만, 웃고 있었다.

"알겠어요, 비비안."

그는 웃으며 닐라의 그림을 받아 갔다. 그가 그림을 바라보며 말했다.

"저의 집 책상 서랍에 붙여놓아야겠어요. 아이들도 좋아할 거예요."

닐라가 물었다.

"자녀가 있어요? 좋겠네요."

리는 아이들의 모습이 떠올랐는지 입가에 흐뭇한 웃음이 사라지지 않았다. 그는 손가락 네 개를 펴며 말했다.

"네 명 있어요. 딸 셋에 막내 아들 하나. 막내가 누나들한테 맨날 맞지만요."

리는 통쾌하게 웃었다.

"아들이 몇 살인데요?"

"9살이요."

"장난을 좋아할 나이군요."

리가 웃으며 닐라의 말에 동의했다.

"항상 장난을 치죠. 시도 때도 없이요. 그래도, 뭐, 사랑스러우니까요. 봐줘야지요. 전에는 혼자서 팬케이크를 만들겠다고 하다가 그것을 다 태워 먹었어요. 치우는 건 제 몫이었지만……."

옆에서 그들의 대화를 듣던 에릭이 소리 내서 웃었다. 닐라가 그를 쳐다봤다. 에릭은 그녀를 보며 말했다.

"아, 미안해요. 대화에 끼어들려던 건 아닌데 리의 말이 좀 웃겨서요."

"같이 대화해도 돼요, 에릭."

그러자 하모니가 그를 흘겨보며 말했다.

"비비안. 에릭에게 그런 기회를 주지 마세요. 에릭은 한번 입을 열면 누가 말리지 않는 한 멈추지 않으니까요. 아마 고막에서 피가 나게 될걸요."

에릭이 그녀를 바라보며 작게 속삭였다.

"고막에서 피가 날 정도는 아니라고, 그레이스."

하모니는 그를 무시하고 말을 이었다.

"그냥 조용히 좀 있어."

에릭은 표정을 찡그리고 입을 다물었다. 하모니는 만족스러운 표정을 지었다.

"이제 조용히 지켜봐야 할 것 같아요. 케아가 언제 올지 모르니."

그들은 하모니의 말에 고개를 끄덕였다.

닐라는 망원경을 얼굴에 가져다 댔다. 멀리 있는 물체도 확대되어 보였다. 닐라는 망원경 위에 볼록 튀어나와 있는 톱니바퀴를 미세하게 돌려 초점을 맞췄다. 그녀는 꽃 위에서 꿀을 빨아 먹고 있는 작은 나비를 보며 하모니에게 말했다.

"이곳에도 나비가 있네요."

"그런가요? 그 나비는 고산지대에 적응한 종인가 봐요."

닐라는 가만히 녀석을 들여다보았다. 나비 날개의 은색과 푸른색이 조화를 이뤘다. 나비는 옆에 있는 하얀 꽃으로 자리를 옮겼다. 파란 나비는 긴 파이프 같은 입을 꽃에 꽂았다. 그리고 다시 날개 두 쌍을 천천히 펄럭이며 먹이를 먹었다. 배를 채운 나비는 하늘 위로 날아올라 작은 날개를 열심히 움직이며 어디론가 날아갔다. 나비가 사라진 후, 적막한 기다림만이 남았다.
그때였다. 에릭이 자리에서 일어나 외쳤다.
"저기다! 케아가 저 나무 위에 있어요."
닐라도 그가 손으로 가리키는 방향을 망원경을 이용해서 바라보았다. 케아는 커다란 날개를 펄럭였다. 그러자 녹색 깃 안에 숨어있는 아름다운 붉은 깃이 나타났다. 케아는 아몬드 같은 눈으로 나무에 나 있는 구멍을 빤히 보았다. 녀석은 그 안에 있는 벌레를 원하는 듯했다. 케아는 갈고리 모양의 부리로 구멍을 쑤셨다. 그러나 벌레는 나오지 않았다. 사냥에 실패해서 실망한 케아는 다른 나뭇가지로 뛰어 날아올랐다. 케아가 나뭇가지에 올라타자, 잎 몇 개가 바닥에 나풀거리며 떨어졌다.
'케아는 처음 보는 것 같아.'
닐라는 리에게 빌렸던 펜과 노트로 케아의 모습을 그렸다. 금세 그림이 완성됐다. 닐라는 그것을 반듯하게 찢고 접어서 바지 주머니에 넣었다.
케아가 날갯짓을 할 때마다 보이는 붉은 깃은 매력적이었다. 곁에 있는 녹색과 카키색의 깃으로 뒤덮인 몸은 묵직하면서도 가벼워 보였다.
에릭은 배가 고프다며 배낭 앞주머니에서 견과류가 들어간 빵을 꺼냈다. 그가 몇 입 먹었을 때, 케아가 그에게 날아왔다. 그러더니 번개처럼 빠르게 그의 빵을 발톱으로 낚아채 갔다. 갑작스러운 상황에 놀란 에릭이 비명을 질렀다.

"으악!"

사람들도 놀라서 그를 쳐다보았다. 에릭의 손들이 케아의 발톱에 긁혀 피가 나고 있었다. 그의 칙칙한 손등 한가운데에 반듯한 판을 대고 그린 듯한 붉은 상처가 생겼다.

"에릭. 너 손등에서 피 나."

하모니가 배낭에서 꺼낸 휴지를 그에게 주며 말했다.

에릭은 하모니가 준 휴지를 받아 손등에 흐른 피를 닦았다. 그는 그녀에게 고맙다고 말하고 자신의 배낭에 있는 응급 상자를 꺼냈다. 그는 그의 손등에 연고를 얇게 펴 바르고 밴드를 붙였다.

닐라가 걱정스럽게 물었다.

"괜찮아요?"

에릭은 고개를 끄덕이고 입을 열었다.

"전 괜찮아요. 그냥 조금 긁힌 거예요. 케아가 많이 굶주렸나 봐요."

"그러게요."

닐라는 다시 망원경을 들어 빵을 훔쳐 간 케아를 관찰했다. 케아는 보란 듯이 그들의 아래에 있는 돌 틈 사이에서 빵을 먹고 있었다. 그녀는 뻔뻔하게 빵을 먹는 녀석을 보며 생각했다.

'뉴질랜드 사람들이 케아를 말썽꾸러기로 보는 까닭이 있구나. 이러니 미움을 받지.'

녀석은 빵을 다 먹어 치우고 그들이 앉아있는 곳으로 날아 올라왔다. 닐라는 놀라서 한 발자국 물러났다.

"뭐, 뭐야?"

닐라가 중얼거렸다.

케아는 검은 눈으로 그들을 응시했다.

리가 닐라의 곁으로 걸어오면서 말했다.

"케아는 인간에 대한 겁이 없죠. 그것보단……. 호기심이 더 많죠."

닐라는 고개를 끄덕거렸다.

"그래도 이렇게 가까운 곳에서 케아를 본 건 처음이네요. 항상 망원경을 이용했으니까요."

하모니가 휴대전화로 녀석을 찍으며 말했다. 그 케아는 고개를 갸웃거리며 사람들이 신기한 듯 바라보았다.

"그래도 만지지는 않는 것이 좋겠어요. 사나워서 언제 공격할지 몰라요."

리가 말하자 듣고 있던 에릭이 말을 이었다.

"그래도 건강해 보이네요."

"그러게요. 건강하지 않았다면 이런 대담함은 없었겠죠."

하모니가 케아를 빤히 응시했다.

"이곳이 케아의 서식지라는 건 확실하네요."

다행스럽게도 하모니의 말이 끝나자 케아는 어떠한 문제도 일으키지 않고 다른 곳으로 날아갔다.

닐라는 가볍게 숨을 내쉬었다. 이제 가넷이 있는 곳으로 돌아갈 수 있을 거란 생각이 들었다. 하지만 닐라는 금세 그건 잘못된 생각이었다는 것을 깨닫고 입을 벌렸다. 위험에 빠진 생명체를 구해야만 돌아갈 수 있다는 것을 잊고 있었다.

'하지만 내가 와서 동물들이 위험에 처하는 건 아닐까?'

닐라는 문득 부정적인 생각이 들었다.

하지만 그녀의 공상은 하모니의 목소리가 들려오면서 깨져버렸다.

"조금만 더 기다려 봅시다. 우리는 케아를 한 마리밖에 발견하지 못했잖아요."

닐라는 머리를 가볍게 흔들어 조금 전에 생각을 잊어버리도록 했다. 그녀는 다시 케아가 오길 기다렸다.

케아는 오지 않았다. 그들은 그 자리에 가만히 앉아 30분을 기다렸지만, 발견한 거라고는 통통하게 살찐 쥐 한 마리와 잠자리 둘, 그리고 회갈색 새 한 마리였다.

닐라는 포기하지 않고 주위를 살폈다.

드디어 케아가 나타났다! 케아는 들판으로 날아왔다. 닐라는 녀석의 모습을 자세히 들여다보았다. 자신이 가넷에게 돌아가기 위해서는 이 생명이 다쳐있어야 했다. 역시나 이 앵무새는 날개를 다쳤다. 왼쪽 날개가 골절된 듯이 케아는 날개를 제대로 펴지도 접지도 못했다. 하지만 이런 날개를 그녀는 고칠 수가 없었다. 그녀는 수의사가 아니었다.

"어머, 저 케아는 날개를 다쳤나 봐요."

하모니가 말했다.

"어떡하죠?"

에릭의 말에 닐라가 잠시 고민하다가 대답했다.

"우리가 저 녀석의 날개를 고쳐줄 수는 없어도 구조해 줄 수는 있지 않을까요?"

리의 목소리에서 당황스러움이 묻어났다.

"하지만 케아는 사나운데 어떻게 잡죠?"

닐라가 말했다.

"제가 잡아볼게요. 날아가지만 않으면 돼요. 그럼 할 수 있어요. 케아가 인간을 두려워하지 않는다는 습성을 이용하면 될 거 같아요."

그녀의 말에 하모니가 인상을 썼다. 그녀를 걱정하는 것이 틀림없었다.

"하지만……"

닐라가 그녀의 말을 잘라내며 말했다.

"난 이런 거 많이 해보았어요. 걱정하지 않아도 돼요, 하모니."

하모니는 고개를 끄덕였지만 달갑지 않다는 표정이었다.

"잠시만 기다려 줘요. 잡아 올게요."

에릭이 자신의 손등을 그녀에게 보여주었다.

"나처럼 긁히지 않도록 조심해요."

닐라는 먹잇감을 사냥하는 맹수처럼 천천히 케아에게 다가가며 그에게 알겠다고 대답했다. 그녀는 케아가 그녀 자신을 볼 수 없도록 뒤에서 다가갔다.

케아는 아직도 에릭과 리, 하모니를 바라보고 있었다. 그래서 그런지 닐라를 보지 못했다. 케아는 날개가 아픈지 부리로 깃을 다듬었다.

닐라와 날개를 다친 케아의 거리는 2미터보다 가까워졌다. 닐라는 케아가 알지 못하도록 발뒤꿈치를 들었다. 닐라는 몸을 날리듯이 케아의 몸통을 양손으로 잡았다. 케아는 놀라서 날카로운 비명 소리를 빽빽 질렀다. 닐라는 케아의 몸을 꽉 잡아 녀석이 도망가지 못하게 만들었다. 케아는 날카로운 발톱으로 그녀의 손과 팔을 긁었지만 닐라는 마다하지 않았다. 닐라가 케아를 들고 사람들에게 다가가자, 리가 달려왔다.

"이 녀석을 어떻게 들고 가죠, 리?"

"그건 저도 모르는데. 혹시 가방에 동물 이동장이 있는지 보고 올게요."

리는 다시 왔던 길을 뛰어 돌아갔다. 그는 그의 배낭 속을 뒤진 후 케아가 들어가기에 조금 작아 보이는 이동장을 들고 왔다.

닐라는 케아를 이동장에 넣었다. 케아는 들어가지 않으려고 발버둥 치다가 끝내 안으로 밀려 들어갔다. 닐라는 긴장감에 이마에 맺힌 땀을 손등으로 문댔다. 땀이 긁힌 상처에 닿자 쓰라림과 따가움이 느껴졌다.

"비비안. 다쳤죠!"

하모니가 연고와 밴드를 들고 그녀에게 다가왔다. 하모니는 그녀가 다칠 것을 예상했다는 표정이었다.

닐라가 살갑게 웃으며 말했다.

"이건 금방 나아요. 그래도 저 케아를 구조했잖아요. 이제 보호소로 데리고 가면 될 거예요."

하모니가 작게 한숨을 쉬었다.

"그래요."

그들은 케아를 들고 언덕을 내려갔다. 하지만 닐라는 그들의 뒤에 서 있기만 했다. 이제 곧 바람이 그녀를 데리고 검은 고양이에게 데려갈 것이다.

그녀의 예상대로 닐라는 소용돌이를 만났다. 바람은 그녀의 머리카락 사이사이에 들어가 놀며 그녀를 동물원에 있는 신비한 곳으로 데려갔다.

바키타

닐라의 앞에는 가넷이 서 있었다. 그녀의 검은 털은 우주를 집어삼킨 것 같다. 닐라는 가넷이 입을 열기 전에 먼저 질문했다.

"내가 이 일을 끝내기 위해서는 생명체들이 다쳐야 하는 거야?"

가넷이 다정하게 웃었다.

"오, 그건 걱정할 필요가 없어요. 저는 당신을 필요한 곳에 보낼 뿐입니다. 곧 위기에 처할 동물이 당신을 만나도록. 당신이 그곳에 가게 되어 생명이 다치는 건 아니랍니다."

닐라는 붉은 눈을 번뜩이며 말하는 암고양이의 말에 다행이라는 듯 숨을 내쉬었다.

"닐라. 내가 신기한 걸 알려줄까요?"

닐라는 고개를 갸웃거렸다.

"당신의 상처를 봐요. 다 나았죠?"

가넷의 말대로 그녀의 손과 팔에 있던 상처가 사라져 있었다. 그녀는 놀라서 물어보았다.

"어떻게 된 거야?"

가넷이 가르랑거렸다.

"작고 간단한 상처 정도는 치유할 수 있어요. 너무나 큰 상처는……. 노력해 봐야죠."

닐라는 자신의 팔을 손끝으로 만졌다. 아프지 않았다. 그녀는 가넷의 눈을 똑바로 쳐다보았다.

"네가 한 거야?"

"그런 셈이죠."

"고마워."

가넷이 그릉거리는 울음소리를 냈다.

"고마워할 필요는 없지만, 그런 소리를 들으니, 기분은 좋네요. 우리가 당신에게 이 일을 맡겼고, 당신이 다치지 않고 임무를 완수할 수 있도록 하는 게 제 임무니."

그녀가 식탁 위로 뛰어올랐다. 가넷의 뒷다리 잔근육이 매끈하게 움직였다. 가넷은 자리에 앉아 뒷발로 귀를 긁었다.

"바로 출발할 건가요?"

닐라가 머뭇거리다 대답했다.

"그래야지."

가넷이 기분 좋게 웃었다.

"장난이에요. 이것 좀 먹어봐요."

그녀는 작은 코로 식탁 위에 있는 초코칩이 박힌 머핀을 닐라에게 밀어주었다.

"뭐야?"

"배가 고플 것 같아서요."

마침 배에서 꼬르륵거리는 소리가 들리던 참이었다. 닐라는 손으로 머핀을 들어 한 입 베어 물었다. 달콤한 맛이 입안에 퍼졌다. 그녀는 입안 가득 머핀을 넣어 오물거리며 말했다.

"어디서 난 거야?"

"그건 비밀입니다. 하지만 그 머핀 하나로도 힘이 많이 날 거예요."

닐라가 남은 머핀을 마저 먹으며 고개를 끄덕였다. 가넷의 말대로라면 한동안은 배가 고프지 않을 것 같았다.

"정말 맛있어."

"그렇죠?"

닐라가 입가에 묻은 가루를 손으로 털어냈다.

"이제 가도 될 것 같아, 가넷."

"그런가요? 이번에는 잠수를 해야 할 겁니다. 캘리포니아 만에서요. 바키타[Vaquita/학명: Phocoena Sinus]를 보러 가야 하거든요."

닐라가 모르겠다는 듯한 눈으로 가넷을 바라보았다.

"바키타는 2021년 기준, 전 세계에 단 아홉 마리밖에 남지 않았다는 연구 결과가 나왔을 정도로 아주 희귀한 돌고래입니다. 귀엽게 생긴 외모로 바다의 판다라고도 불리는 녀석이죠. 뭉툭한 얼굴과 눈을 감싼 검은 무늬가 특징입니다."

닐라는 인상을 썼다. 그녀의 이마에 옅은 주름이 잡혔다.

"내가 잘못 들은 건 아니지? 아홉 마리? 개체수가 너무 적잖아. 내가 그 녀석들을 만날 수 있을까, 가넷?"

검은 암고양이는 대답하지 않았다. 그 대신 가넷은 짧은 울음소리를 내고 닐라의 이마에 자신의 이마가 닿게 했다. 닐라도 가볍게 눈을 감고 가넷과 이마를 맞대었다. 그녀의 곁에서는 다시 바람이 불어왔다. 시원하고 짠 냄새를 풍기는 바람이 불어왔다. 익숙한 바람이었다. 닐라는 눈을 떴다. 부두다. 그녀는 다행스럽게도 스쿠버다이빙을 배워본 경험이 있었다.

닐라는 부두에 묶여있는 배들을 하나씩 둘러보았다. 잠수부들이 있는 배를 찾기란 그리 어렵지 않았다. 일반적으로 생긴 배에 검은 잠수복을 입은 사람들을 찾으면 됐다. 마침 옆에 잠수부들이 있는 배가 있었다. 닐라는 배 근처로 걸어갔다. 몸이 젖어있지 않는 걸로 보아서는 아직 물에 들어가기 전인 듯했다. 그녀는 검은 머리칼을 가진 남성에게 말을 걸었다.

"안녕, 반가워요."

그는 그녀와 비슷한 나이로 보였다. 대략 스물은 넘어 보였다.

그는 닐라를 보고 웃음을 지으며 인사를 받았다.

"안녕하세요. 무슨 일이죠?"

닐라는 말했다.

"그……. 바키타를 아시나요?"

그가 자리에서 일어났다.

"지금 그 녀석이 잘 지내는지 확인하러 가는 길입니다."

닐라가 방긋 웃으며 본론을 꺼냈다.

"저도 바키타를 찾으러 가고 싶은데 배가 없어서요. 혹시 제가 함께 가도 괜찮을까요?"

그는 잠시 고민하다가 대답했다.

"당신이 불법 포획자가 아니라면, 물론이죠. 잠수복은요? 없어요?"

닐라는 창피해서 쭈뼛거리며 대답했다.

"아……. 없어요."

대답한 후 닐라가 덧붙여 말했다.

"불법 포획자는 아니에요."

그가 웃었다.

"우선 배에 타요."

그가 손을 내밀었다. 출렁거리는 배 위에 올라타기 위해 그의 손 위에 그녀의 손을 얹었다.

"절 따라와요. 잠수복을 드릴게요. 대원도 소개를 해줄 거고요. 아, 이름이 뭐죠? 난 카일 스팟 헨[Kyle Spot Henn]입니다. 그냥 카일이라고 불러요."

닐라는 그의 뒤를 따르며 대답했다.

"난 닐라 비비안이에요."

카일이 앞에 쓰러져 있는 빗자루를 세우며 말했다.

"특이한 이름이네요. 예쁜 이름이라는 말이에요."

그녀는 어깨를 으쓱했다.

"그런가요? 음, 고마워요."

그가 초록색 문을 벌컥 열고 들어갔다. 그곳에는 갈색 머리카락을 가진 남성이 있었다. 카일이 손으로 그의 머리카락을 털며 말했다.

"저쪽은 리암 와일리[Liam Wylie]. 리암, 이쪽은 닐라 비비안이야. 우리와 함께 바키타를 찾을 새로운 동료지."

와일리가 손을 들어 흔들며 인사를 건넸다.

"반가워요, 비비안."

카일이 그녀에게 따라오라고 손짓했다. 그는 그녀를 다른 방으로 들여보냈다. 카일은 창고 속을 뒤적이며 말했다.

"으흠, 여기 있어요. 난 나가 있을 테니 잠수복을 다 입으면 우리가 처음에 만났던 곳으로 나와요. 와일리와 기다릴게요. 당신이 옷을 입을 동안 배를 출발시킬 겁니다. 흔들려도 놀라지 말아요."

그는 창고 문을 닫아주고 나갔다. 닐라의 앞에 놓인 것은 매끈한 잠수복 한 벌이었다. 닐라는 입고 있던 옷을 전부 벗고 잠수복에 다리를 넣었다. 고무의 한 종류인 네오프렌 재질로 만들어져 있어서 몸을 옷 안에 집어넣기가 힘들었다. 닐라는 끙끙거리며 팔과 다리를 잠수복에 집어넣었다. 잠수복을 다 입은 후, 바닥에 흩어져 있는 옷들을 개워 가방에 넣었다. 몸에 딱 달라붙는 잠수복이 익숙하지는 않았지만, 그녀는 창고 문을 열고 나갔다.

그녀는 카일과 와일리가 있는 곳으로 다가갔다. 배는 이미 육지와 멀어진 후였다.

"비비안. 다 입었군요. 크기는 괜찮아요?"

닐라가 자신의 모습을 내려다보며 대답했다.

"네. 맞는 것 같아요."

카일이 그녀 앞에 서서 말했다.

"그러면 다행이고요. 이제 곧 목적지에 도착할 겁니다. 전에 바키타 세 마리가 함께 발견된 장소죠."

"정말요? 세 마리나 발견되었다니……."

와일리가 말했다.

"오늘도 운이 좋다면 한두 마리는 볼 수 있겠죠. 날씨도 좋고요."

말을 마친 와일리는 조종실로 들어갔다. 그는 조종대를 잡고 속도를 높였다. 닐라는 중심을 잃고 넘어질 뻔했다. 카일이 그녀의 팔을 잡아 넘어지지 않도록 도와주었다. 닐라는 그의 눈을 올려다보며 고마움을 전했다.

"고마워요, 카일. 하마터면 넘어질 뻔했네요."

카일이 그녀의 팔을 놓아주었다.

"천만에요."

닐라는 그의 푸른 빛 눈에서 알 수 없는 감정을 느꼈다. 닐라는 카일의 눈을 더 들여다보려고 했지만, 그는 머리카락을 뒤로 넘기고 고개를 숙여 바다 아래를 들여다보았다. 둘은 한참 동안 아무 말도 하지 않았다. 고요한 침묵만이 이어졌다.

와일리가 조종실의 문을 세게 열고 나왔다. 그는 양손에 산소통을 들고 왔다. 세 개나 되는 수의 산소통을 편하게 들고 오는 모습에 감탄이 나올 뿐이었다. 그의 팔에 있는 잔근육이 보였다. 와일리가 산소통을 바닥에 내려두며 말했다.

"이거 착용해야 해. 도착했어."

카일이 바닥에 놓여진 산소통 두 개를 들고 왔다. 그는 닐라는 바라보며 말했다.

"수영할 줄 알죠?"

"네."

닐라는 짧은 대답을 했다.

"제가 도와줄게요. 뒤돌아봐요."

그는 산소통을 그녀가 멜 수 있도록 도와주었다. 닐라는 카일이 하라는 대로 따랐다. 산소통은 무게가 꽤 있었다. 닐라는 고맙다고 말하며 따로 놓여진 스노클링 장비를 착용했.

와일리가 먼저 물속으로 들어갔다. 그는 산소 호흡기를 입에 물고 웅얼거렸다.

"빨리 들어와요."

닐라도 그를 따라서 산소통과 연결된 호흡기를 입에 물고 물속으로 들어갔다. 오리발 덕분에 수영이 더 편해졌다.

카일도 물속으로 뛰어들며 닐라에게 말했다.

"날 따라와요."

닐라는 고개를 끄덕였다.

물속에서는 하늘을 나는 것처럼 몸이 자유롭게 움직였다. 닐라는 천천히 그들을 따라갔다.

그들은 바키타가 어디에 있는지 찾는 중이었다. 하지만 단 아홉 마리만 남아있는 돌고래가 순순히 모습을 드러낼지 의문이었다. 바닷속에는 작고 반짝이는 비늘을 가진 물고기들이 자유롭게 헤엄쳤다.

닐라는 그들을 따라가고 싶다는 생각이 들었다. 그들이 그녀를 인간들이 가보지 못한 신비한 곳으로 데려가 줄 수 있지 않을까? 그녀는 그런 갈망을 버려버리고 카일과 와일리를 바라보았다. 그들은 배 근처에서 수영하고 있었다. 닐라가 카일에게 다가갔다.

닐라가 그를 바라보자 카일이 웃었다. 그녀는 카일의 웃음에 아무것도 하지 못하고 그저 그의 얼굴만 바라보았다. 카일이 웃음을 멈추고 그녀에게 따라오라는 듯한 몸짓을 했다. 카일은 와일리가 있는 곳으로 헤엄쳐 갔다. 와일리의 손에는 투명한 비닐봉지가 들려있었다. 와일리는 카일를 보며 인상을 쓰고 고개를 끄덕였다. 그는 비닐봉지를 손에 들고 수면 위로 올라갔다.

닐라는 고개를 저었다. 이곳에서도 환경 오염은 끊임없이 발견뎠다. 지구를 괴롭히는 환경 오염이 멈추는 날이 오긴 할까?

닐라는 수면 위를 바라보았다. 햇빛이 물속으로 옅게 들어왔다. 닐라는 눈을 감고 숨을 크게 쉬었다. 그리고 다시 카일을 바라보았다. 카일도 그녀를 보고 있었다. 둘은 잠시 동안 눈을 마주 보았다. 아주 잠시. 닐라도 자신의 마음을 알아차렸다. 하지만 그녀가 이곳에서 사랑을 해봤자 잊히게 되지 않을까? 닐라는 결국 카일을 바라보던 눈을 내리깔았다. 카일은 아무 말도 하지 않았다. 고요한 바다가 더 고요해졌다.

그들의 침묵을 깨준 사람은 와일리였다. 그는 카일과 닐라를 보더니 위로 올라오라고 손짓했다. 그들은 수면 위로 올라갔다. 닐라는 수면 위에 올라와서 입에 물고 있던 호흡기를 뺐다. 호흡기는 바다에 떠 있었다.

카일이 작은 목소리로 말했다.

"비비안. 무슨 일 있어요?"

닐라가 씁쓸하게 웃으며 고개를 저었다.

그는 알겠다고 대답했지만 믿지 못하는 눈치였다.

와일리가 말했다.

"곧 바키타가 올 거야. 내가 레이더를 확인하고 왔어. 이 근처에 바키타로 보이는 점 두 개가 우리에게 다가오고 있었어."

"와일리. 그게 정말이야?"

그는 웃음을 지으며 활기차게 대답했다.

"내가 왜 거짓말을 하겠어? 진짜야."

카일이 닐라를 보며 웃었다. 닐라도 따라 웃음을 지었다.
"그 점들의 정체가 네가 말한 대로 바키타이면 좋겠다."
카일이 중얼거리듯이 말했다.

그들은 다시 바닷속으로 들어갔다. 몸이 물 위로 뜨려고 했지만, 닐라는 발을 휘저어 몸을 가라앉혔다. 그녀는 바다를 온몸으로 느꼈다. 바다에서 들려오는 소리도 들어보고 차가운 물의 온도도 느꼈다. 그녀는 떠 있는 손을 벌리고 물이 손가락 사이로 지나가도록 손을 흔들었다. 바다 아래는 어두웠다. 무엇이든 집어삼킬 수 있을 것처럼 강해 보였다. 그녀는 더 깊이 들어가 보고 싶었지만, 위험하다는 생각이 들었다. 그리고 그녀는 혼자가 아니었다. 다른 동료들이 있으니, 그들을 혼돈에 빠뜨릴 수는 없었다.

닐라는 산소 호흡기에서 나오는 산소를 크게 들이마셨다. 그녀가 숨을 내쉴 때마다 구슬처럼 생긴 공기 방울이 나와 수면 위로 올라갔다. 그녀는 입에 물고 있던 호흡기를 뺐다. 그리고 손으로 입을 눌렀다가 빠르게 떼어 많은 공기 방울을 내뿜었다. 그러다가 카일과 눈이 마주쳤다. 닐라는 밝게 웃었다. 웃느라 입에 바닷물이 들어와서 짠맛이 느껴졌지만, 그녀는 웃는 것을 멈추지 않았다. 그도 웃었다. 카일은 닐라의 초록색 두 눈을 바라보며 웃었다. 닐라는 다시 호흡기를 입에 물었다.

닐라는 와일리가 무엇을 하는지 곁눈질로 바라보았다. 그는 바다에서 가만히 누워있었다. 그가 무슨 생각으로 그런 행동을 하고 있는지는 알 길이 없었다.

닐라는 그에게서 다시 카일로 눈길을 돌렸다. 카일은 잠깐 사이에 그녀에게 더 다가와 있었다. 닐라는 그에게 몸짓으로 물었다. 와일리가 무슨 행동을 하는 거냐고.

카일은 그저 웃으며 어깨를 으쓱거렸다. 그리고 웅얼거리며 말했다.

"음, 어쩌다가 저럴 때가 있어요."

닐라는 그의 말을 정확히 이해하지 못했지만 알아들은 척 고개를 끄덕였다.

그는 조용히 닐라에게 말했다.

"당신은……."

닐라는 뒷말을 듣지 못했다. 카일이 웅얼거려서가 아니라 목소리가 너무나 작아졌다. 닐라는 그를 똑바로 바라보고 고개를 한쪽으로 약간 치우쳐 못 알아들었다는 뜻을 전했다.

카일은 그저 웃었다.

닐라는 굳이 되묻지 않았다. 이따가 다시 물어보면 되니까. 그녀는 카일의 곁으로 헤엄쳐 갔다.

카일이 위로 올라가자는 신호를 보냈다. 그가 먼저 올라가자 닐라도 발을 저으며 따라갔다.

카일은 호흡기를 입에서 뺐고 닐라도 호흡기를 뺐다. 닐라는 물에 가라앉지 않도록 계속해서 오리발을 신은 발을 저었다. 그녀는 카일을 마주 보다가 물었다.

바키타

"아까 뭐라고 했어요?"

그는 머뭇거리다가 말했다.

"아, 그건……. 아무것도 아니에요."

닐라는 눈을 게슴츠레 뜨고 그를 바라보았다. 하지만 카일은 그가 했던 말에 대해서 말해주지 않았다.

닐라는 다시 호흡기를 물고 수면 아래로 들어가려 했다. 그때, 카일이 그녀의 팔을 잡았다. 그녀는 카일을 멍한 눈으로 바라보았다.

카일이 입을 열었다.

"당신은 아름다워요."

닐라는 아무 말도 하지 못했다.

"이 일이 끝나면 내게 전화번호를 알려줄 수 있어요?"

닐라는 고개를 끄덕였다.

목적을 달성한 그는 호흡기를 입에 물고 웃으며 물속으로 들어갔다.

어안이 벙벙해서 닐라는 그가 아래로 내려갈 동안 카일의 뒷모습만 바라보았다. 닐라는 정신을 차리려 애썼다. 그리고 깨달았다. 이 일이 끝나면 그녀는 그의 기억에서 사라진다는 것을. 그녀는 그녀가 떠 있는 물속처럼 깊은 한숨을 쉬고 수면 아래로 내려갔다. 그녀가 지금 할 수 있는 거라고는 아무것도 없는 것 같았다.

카일은 그의 친구 와일리와 대화를 나누고 있었다. 닐라도 그들의 곁으로 다가갔다.
와일리가 그녀를 발견하고 말했다.
"이제 집중해야 돼요. 곧 바키타가 올 겁니다."
닐라는 걱정은 잊어버리고 기대감에 부풀었다. 발견하기 아주 어려운 돌고래를 그녀의 두 눈으로 볼 수 있다니!
그들은 바키타가 오기를 기다렸다. 곧이어 멀리서 유유히 헤엄치며 다가오는 검은 형체가 보였다. 바키타이다.
닐라는 입을 떡 벌렸다. 그들이 다가오고 있었다.
"와아……."
카일이 와일리를 보다가 그녀를 보며 웃었다.
바키타가 점점 가까워졌다. 바키타는 길고 가는 소리를 내며 그들에게 다가왔다.
와일리가 손끝으로 바키타 한 마리를 가리켰다. 어려 보이는 녀석이었다. 옆에 있는 바키타에게 딱 붙어서 움직였다. 그 녀석들은 어미와 새끼였다. 바키타들은 그들의 앞까지 다가왔다. 그들은 인간들과 3미터도 채 되지 않는 거리에서 움직였다.
와일리가 그들의 움직임을 감상하다가 인상을 쓰며 웅얼거렸다.
"어미에게 문제가 있어요. 그물이군요."
닐라도 그가 보고 있는 방향을 봤다. 어미 바키타의 꼬리에 녹슨 그물이 엉켜있었다. 닐라는 카일과 와일리를 바라보았다.
카일은 몸에 메고 있던 작은 칼을 손에 들었다. 와일리도 마찬

가지였다. 그들은 바키타가 놀라지 않게 조심히 다가갔다.

닐라는 주변을 두리번거리며 자신이 할 수 있는 일을 찾았다. 그녀는 칼마저 가지고 있지 않았다. 닐라는 카일에게 다가갔다. 그리고 웅얼거리며 말했다.

"내가 꼬리를 잡아줄게요. 그럼, 당신들이 그물을 자르는 거예요. 어때요? 꽤 괜찮죠?"

카일과 와일리는 서로를 바라보다가 고개를 끄덕였다. 그들은 곧바로 어미의 꼬리를 가볍게 잡았다. 어미가 놀라서 거세게 움직이면 칼에 다칠 수 있었다. 그들은 그물에 칼을 올리고 잘라내기 시작했다.

닐라는 두 사람이 그물을 잘 자를 수 있도록 어미 바키타의 꼬리를 잡아주었다.

어미는 그들이 잡고 있음에도 불구하고 넓적한 꼬리를 느리게 흔들며 앞으로 나아갔다. 그 때문에, 그들은 어미에게 끌려다니는 것처럼 작업을 해야 했다.

겁이 많아 보이는 새끼 바키타는 어미의 곁에 가까이 오지는 않았지만, 어미가 걱정되는지 일정한 거리를 유지한 채 다가왔다.

그물은 잘 잘리지 않았다. 닐라는 거북의 몸을 괴롭히던 그물을 자른 일을 생각했다. 거북을 감싸고 있던 그물도 오랜 시간 잘라야 잘려 나갔다.

닐라는 어미 바키타의 꼬리를 조금 더 강하게 잡았다. 어미는 그녀의 몸에 붙은 인간들이 자신을 도와주는 걸 아는지 반항하지 않았다. 다만, 자신을 걱정하는 새끼에게 다정히 말을 건넬 뿐이었다. 물론 사람들은 어미의 말을 이해할 수는 없었다.

드디어 와일리가 자르던 그물이 떨어져 나갔다. 그는 잘린 조각을 그의 팔에 두르고 다시 다른 그물을 잘랐다. 카일이 자르던 그물도 서서히 잘려 나갔다. 어미 바키타의 꼬리를 감싸던 그물의 절반 정도의 양이 떨어져 나갔다.

닐라는 그들이 그물을 더 편하게 자를 수 있도록 그물과 바키타의 몸의 간격을 벌려놓았다. 카일이 닐라에게 고개를 끄덕여 고맙다는 뜻을 전했다.

그녀는 계속해서 울고 있는 새끼에게 마음속으로 말을 전했다. 어미는 안전하다고. 이제 아프지 않을 거라는 사실을. 닐라는 녀석이 그녀의 마음을 알아주기를 바랐다.

와일리가 환호성을 질렀다. 그물이 모두 떨어진 것이다. 그의 소리에 닐라와 카일도 함께 환호성을 질렀다.

어미는 곧장 새끼에게 다가갔다. 그녀는 자신의 새끼에게 다정한 말을 남겼다. 어미 바키타는 몸이 가벼워진 것을 알게 되었을 거다. 어미 바키타는 새끼를 데리고 그들의 주위를 아름답게 맴돌았다. 고맙다는 인사를 전하는 것이다.

닐라는 어미 바키타의 커다란 지느러미에 손을 올렸다. 바키타가 그녀를 바라보았다. 닐라는 웃음을 지었다. 녀석은 긴 울음소리를 냈다. 그리고 나서 녀석은 새끼를 데리고 그들로부터 멀어졌다.

그들은 바키타 모녀가 떠나는 것을 바라보다가 잘려진 그물을 들고 배로 올라왔다. 그물은 무거웠다. 하지만 바키타의 몸을 힘들게 하던 그물을 제거한 그들의 마음은 가벼웠다.

닐라는 배에 올라타자마자 스노클링 장비를 벗었다. 얼굴이 무척 답답했었다. 그녀는 자신처럼 장비를 벗어둔 와일리와 카일에게 말했다.

"휴, 바키타를 구해서 다행이에요."

와일리가 웃음을 지었다.

"어미가 있을 거라곤 예상하지 못했어요. 되도록 빨리 보고서를 작성해야겠어요. 이제 바키타의 수가 한 마리 더 늘었다고요."

닐라가 웃었다. 그러나 카일을 보자 웃음이 나오지 않았다. 그녀는 이곳에서 임무를 끝냈다. 그러면 기뻐해야 했다. 돌아갈 수 있으니까. 바키타를 구했으니까. 하지만 기쁘지 않았다. 그녀가 사랑하는 사람은 그녀 자신을 잊어버릴 것이다. 닐라는 그를 빤히 바라보았다. 그는 천진난만한 어린 소년처럼 그녀의 걱정을 모른 채 와일리와 웃고 있었다. 닐라는 고개를 떨궜다. 이제 그녀는 돌아가야 한다.

'가넷. 나……. 돌아가고 싶지 않아. 어떡해?'

와일리가 육지로 돌아가기 위해서 조종실로 들어가자 카일이 그녀에게 다가왔다. 그는 다정한 목소리로 닐라에게 말했다.

"비비안, 내가 말했던 대로 내게 당신의 전화번호를 줄 수 있을까요?"

닐라는 대답할 수가 없었다. 아니. 하지 못했다. 그녀는 바로 그의 부탁을 승낙하고 싶었다. 하지만 머리로는 알고 있었다. 이 문제는 마음이 아니라 머리로 해결해야 했다. 그녀가 대답하려고 입을 열었다. 하지만 닐라의 대답은 끝을 보지 못했다. 바람이 왔다. 전에는 너무나 반가웠던 바람이었는데. 후련한 바람이었다. 하지만 지금은 그렇지 못했다. 닐라는 희미해지는 카일의 얼굴을 보고 외쳤다.

"안 돼! 가넷, 제발……."

하지만 그의 얼굴은 이미 그녀에게서 떠났다. 카일은 이제 그녀를 잊게 되었을 거다. 그의 기억에서 그녀는 사라졌다.

닐라는 가넷이 있는 곳에 도착했다. 그녀의 눈가에는 촉촉한 무언가가 맺혔다.

닐라는 가넷을 찾으려고 고개를 돌렸다.

가넷이 그녀를 빤히 바라보고 있었다. 가넷의 꼬리가 부풀어 오르며 빳빳해졌다. 그녀는 붉은 눈을 반짝이며 중얼거렸다.

"오, 이건 예상 밖인데."

흔들림

가넷은 닐라에게로 천천히 다가왔다. 그녀는 인상을 쓰고 있었다. 가넷은 그녀에게 질문했다.

"사랑에 빠진 거군요. 맞죠?"

닐라는 죄지은 사람마냥 바닥을 보며 고개를 끄덕였다.

가넷은 그녀를 바라보며 뜻을 알 수 없는 한숨을 내쉬었다. 그녀는 닐라에게 다가왔다.

"닐라. 괜찮은 거죠?"

닐라는 그녀의 물음에 조용히 대답했다.

"모르겠어."

가넷이 아무 말 없이 그녀를 바라보았다. 닐라는 자신을 쳐다보는 가넷의 눈빛이 따가워 그녀를 똑바로 바라볼 수 없었다. 그녀의 눈을 똑바로 바라보기가 두려웠다. 닐라는 작게 중얼거렸다.

"가넷. 어떡하지? 나……. 나는, 카일이 나를 잊는 걸 원하지 않아. 방법이 없는 거야?"

가넷이 차분하게 말했다.

"그냥 잊어야 해요. 방법이 없어요, 닐라."

닐라는 떨리는 눈으로 암고양이를 바라보았다. 그녀는 가넷이 한 말을 믿을 수가 없었다. 어떻게 사랑하는 사람을 바로 잊을 수 있을까? '그냥' 잊기는 너무 버거웠다. 닐라는 원망스러운 눈으로 가넷의 붉은 눈을 마주하였다.

"닐라. 잊어야 해요. 한순간에 잊기는 힘들겠지만, 노력은 할 수 있어요."

"나는 그를 잊을 수 없어. 미안해, 가넷. 바로 떠날 수는 없을 것 같아. 지금은……. 힘들어."

닐라는 가넷이 화를 낼 거라고 예상했다. 하지만 그녀는 화를 내지 않았다. 그저 조용히 말을 이었다.

"그 대신, 빠르게 마음을 정리하길 바랄게요."

가넷은 닐라는 의자에 앉게 한 후, 그녀를 두고 구석으로 걸어갔다. 닐라가 그녀에게 물었다.

"카일이 나를 잊게 하지 않을 수는 없어?"

가넷은 고개를 끄덕였다. 그리고 아무 말도 없이 뒤돌아 가버렸다.

닐라는 가넷을 실망시켰다는 생각에 고개를 떨구고 턱을 괬다. 하지만 그녀는 카일을 사랑했다. 잊을 수 없었다. 잊히고 싶지도 않았다. 닐라는 울었다. 잊어야 한다는 것을 알고 있었다. 잊힐 거라고 알고 있지도 않았나. 하지만 마음은 머리를 따라주지 않았다. 닐라는 모두에게 사과했다. 자신을 믿어 골라준 생명들, 가넷, 사람들에게까지. 자신을 선택한 이들이 무슨 생각을 하고 있을지 두려웠다. 그녀는 사과하고 또 사과했다. 닐라는 흐느껴 울었다. 그녀가 고개를 들었을 때, 가넷이 전혀 보이지 않았다. 닐라는 가넷을 부르려다가 포기했다. 그녀는 아직 가넷에게 할 말을 찾지 못했다. 닐라는 그녀 자신에게 속삭였다.

"어떡하면 좋을까? 오, 닐라. 넌 알잖아……."

그녀는 이마를 손으로 짚고 고개를 뒤로 젖혔다. 안개 낀 새벽에 혼자 걷고 있는 느낌이었다. 그녀는 지금 혼자였다. 곁에는 아무도 없이.

닐라는 액자 속에서 번뜩이는 붉은 눈을 발견했다. 하지만 그것은 가넷의 눈처럼 보이지 않았다. 눈은 한 쌍이었지만, 그녀는 바라보는 눈은 수없이 많아 보였다. 그녀는 자리에서 일어나려 했다. 하지만 그렇지 못했다. 그녀의 다리가 움직이지 않았다. 붉은 눈은 더욱 밝게 빛났다. 닐라는 공포를 느꼈다. 그녀가 손으로 자신의 눈을 가리자 터질 듯한 별처럼 빛나던 눈은 사라졌다. 닐라는 당황스러운 표정으로 그녀의 주변을 둘러보았다.

누군가 문을 열고 들어왔다. 닐라는 입이 떡 벌어졌다. 그녀가 구해준 생명들이었다. 그들은 환영처럼 보이지 않았다. 눈표범의 털은 세밀하게 나 있었고, 아르마딜로의 눈도 깊어 보였다. 그녀는 다른 동물들도 바라보았다. 바키타와 바다거북은 그녀 주위를 떠다녔고, 케아는 눈표범의 위에 앉아있었으며, 코알라인 블레이즈는 커다란 귀를 펄럭거렸다.

닐라가 아주 살짝 웃음을 지었다.

"너희 모두…… 다쳤던 곳이 다 나았구나. 다행이야."

그녀는 동물들에게 다가갔다. 닐라는 눈표범의 이마에 손을 올렸다. 녀석을 가르랑거리면서 그녀의 손길을 받아주었다. 닐라는 그들에게 중얼거리듯이 말했다.

"미안해."

케아가 그녀의 곁으로 날아왔다. 날개가 다 나았다. 녀석은 그녀의 팔 위에 앉았다. 닐라는 검지 손가락으로 녀석의 이마를 쓰다듬었다. 케아는 날개를 퍼덕이며 울었다. 케아는 그녀의 귀 옆에서 시끄럽게 울었지만, 전혀 시끄럽게 느껴지지 않았다. 닐라는 가볍게 웃었다. 케아는 자신의 머리를 그녀의 어깨에 비비고 눈표범 위로 날아갔다.

케아가 그녀에게서 떠나자 블레이즈가 다가왔다. 닐라는 녀석이 그녀를 향해서 손을 뻗자 들어 올려주었다. 블레이즈는 닐라의 품에 안겼다. 그는 입을 쩝쩝거리며 닐라를 바라보았다. 화상 자국 대신 깨끗하고 보드라운 털이 나 있었다. 닐라는 녀석의 등에 새로 난 털을 손끝으로 부드럽게 쓸었다. 부드러웠다.

닐라는 녀석을 안고 다른 동물들을 바라보았다. 그들의 눈에는 행복함 말고 다른 감정은 보이지 않았다. 악감정은 없었다. 하지만 단 한 생명. 블레이즈. 그에게는 슬픔이 담겨있었다. 닐라는 블레이즈의 눈을 응시했다. 코알라의 눈은 우주를 삼킨 것처럼 빛났다. 닐라는 녀석의 털에 얼굴을 파묻으며 속삭였다.

"왜 그러니, 블레이즈? 내가 너에게 슬픔을 안겨준 거니? 그렇다면 정말 미안해. 믿음을 저버려서."

코알라는 작은 울음소리로 화답했다. 용서해 주는 것일까? 아니면 주의를 주며 화를 내는 것일까?

닐라는 얼굴을 들고 코알라의 커다란 코를 손으로 가볍게 토닥였다. 블레이즈의 코는 촉촉했다. 그녀는 자신의 아이를 보는 듯한 눈으로 블레이즈를 바라보았다. 눈가가 시렸다. 갑자기 눈물이 나왔다. 이유를 모르겠다.

그녀는 흐느끼며 울었다. 그들이 행복하길 바랐다. 블레이즈가 슬픔에 잠기지 않았으면 했다. 블레이즈의 회색 털에 얼굴을 파묻었다. 녀석의 털에서 그녀의 얼굴이 떨어졌을 때, 블레이즈의 털에는 얼룩이 져 있었다. 그녀는 그 얼룩을 보고 피식 웃으며 블레이즈를 내려놓아 주었다. 블레이즈는 짧게 울었.

그녀의 사랑 하나 때문에 지구의 생명들이 슬퍼하는 삶을 원하지 않았다. 모두가 행복하길 바랐다. 닐라는 볼을 타고 흐르는 눈물을 소매로 닦았다. 하지만 울음이 멈추지 않았다.

그때, 카일과 함께 구한 바키타가 그녀에게 다가와 뭉툭한 얼굴을 그녀의 어깨에 올렸다. 닐라는 어미 바키타의 얼굴을 부드럽게 어루만졌다. 바키타는 가느다란 소리를 내고 고개를 들어 눈 주위가 빨개진 닐라를 바라보았다. 닐라는 숨을 들이마셨다. 바다의 향기가 그녀의 코끝을 간지럽혔다. 바키타는 공중을 헤엄치듯 떠다니며 바다거북의 곁으로 갔다.

바다거북은 아름다운 부리 같은 입을 딱딱거리며 바키타를 보았다. 붉은바다거북의 등은 전보다 더 붉게 빛났다.

닐라는 가만히 자신이 구한 생명들을 둘러보았다. 가넷의 말이 옳았다. 그들은 닐라에게 고마움을 전하려 이곳을 찾았다. 비록 사는 곳이 다를지라도. 종이 다를지라도. 그들은 표정으로 말했고, 행동으로 말했고, 마음으로 말했다.

그녀는 깨달았다.

닐라는 그들에게 고개를 숙여 정중히 인사했다. 각자의 집으로 돌아가서 아무 일 없이 무탈하게, 건강하게, 행복하게 살아달라고.

생명들은 그녀의 인사를 받아주었다. 그들은 말없이 뒤를 돌아 들어왔던 문으로 나갔다. 닐라는 그들의 뒷모습만 하염없이 바라보았다. 아르마딜로가 나가고 나서야 다양한 동물들로 북적였던 이곳은 그녀 혼자만이 남았다. 하지만 닐라는 그렇게 생각하지 않았다. 그들이 그녀를 늘 지켜줄 거라고 생각했다. 그들은 늘 그녀의 곁에 있었다.

흔들림

닐라는 가넷을 불렀다. 마음은 동물들을 위해 썼다. 이제 머리를 쓸 시간이었다. 그녀는 다시 큰 소리로 가넷을 불렀다. 가넷이 어서 돌아오길 바랐다.

가넷은 기다렸다는 듯이 가르랑거리며 달려왔다. 그녀는 닐라의 얼굴을 똑바로 마주했다. 눈에는 기쁨이 가득했다.

"마음을 잡았군요."

그녀의 마음 한구석에는 카일에 대한 감정이 있었다. 하지만 그는 이제 그녀를 잊었다. 닐라가 만난 다른 사람들도 마찬가지였다. 사람들과의 추억은 그녀만의 것이었다. 하지만 다른 동물들은 그녀를 잊지 않았다. 그들과의 추억은 서로 공유되었고 기억됐다.

닐라는 웃으며 대답했다. 힘찬 대답이었다.

"응. 이제 할 수 있어."

가넷이 기분이 좋은지 꼬리 끝을 우아하게 튕겼다.

"좋아요. 저는 당신의 그런 모습을 원해요. 우울해하지 말고요. 당신은 그런 모습이 어울리지 않아요."

가넷의 붉은 눈이 생기 있게 반짝였다. 그녀의 눈은 값비싼 보석 같았다. 아름다웠다.

"아, 참고로, 닐라. 죄책감 가지지 마세요. 사랑에 빠지는 것이 죄는 아니잖아요."

그녀는 가넷의 말에 미소를 지었다. 닐라는 엉킨 금발 머리카락은 손가락으로 빗으며 말했다.

"이제 울지 않을 거야. 또한 이 일이 끝나기 전까지는 한눈을 팔지 않을래. 이 일이 끝나기 전까지. 그들이 나를 선택했으니까, 나도 그들의 선택에 대한 보답을 해야겠어."

닐라의 목소리에는 진심이 묻어났다. 감정만을 따르지 않을 것이다. 그들이 그녀를 선택해 주었으니까. 그녀는 그녀 자신이 말한 그 약속을 지킬 것이다.

보답한다는 것.

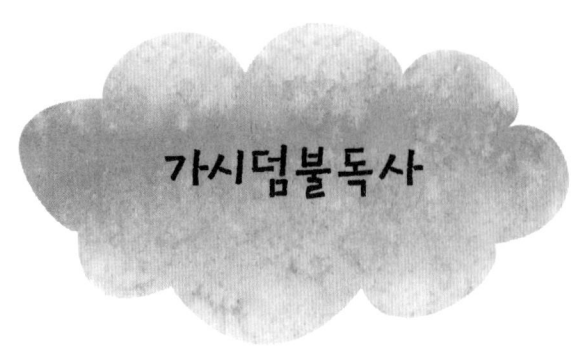

가시덤불독사

가넷이 식탁 위로 뛰며 말했다.
"그럼, 이제 출발할 수 있어요?"
닐라가 바닥을 보며 웃었다.
"물론이야."
가넷이 제자리에서 펄쩍펄쩍 뛰었다. 장난감을 사 준다는 말에 신이 난 어린아이 같았다.
"아프리카로 가죠. 열대우림이라 더울 수도 있어요. 그곳에서 당신은 가시덤불독사[Spiny Bush Viper/학명: Atheris Hispida]를 만나게 될 거예요. 녀석은 독을 가지고 있으니 주의하도록 해요. 해독제가 흔치 않으니까요. 행운을 빌어요, 닐라."

닐라가 허리를 숙여 그녀와 이마를 맞댈 수 있도록 했다. 그러자 가넷은 가르랑거리며 그녀와 이마를 맞댔다. 가넷의 수염이 그녀의 얼굴을 간지럽혔지만, 닐라는 속삭이듯 웃었다.

바람이 찾아왔다. 바람은 그녀를 가넷에게서 새로운 곳으로 이동시키려 찾아왔다. 닐라는 소용돌이가 된 바람을 반갑게 맞이했다. 이젠 멀미가 나지 않았다.

닐라가 눈을 떴을 때, 그녀는 아프리카 열대우림에 있었다. 닐라는 혼자였다. 주위에는 노래하는 새를 제외하고 아무것도 없었다. 키가 아주 큰 나무들이 울창하게 자랐다. 허리 높이만큼 오는 풀들이 그녀의 앞길을 가로막았다. 닐라는 허리에 차고 있는 작은 칼을 사용해 풀들을 베어가며 앞으로 나아갔다. 날카로운 잎들이 그녀의 손을 베었다. 닐라는 손을 털었다. 따가웠다.

그때 한 남성의 목소리가 들렸다. 그는 누군가와 대화를 나누고 있었다. 그의 목소리로 보아 삼십 대는 되어 보였다.

닐라는 우거진 풀들을 헤치고 그들에게 다가갔다.

그녀의 소리가 들려오자 두 흑인 남성들은 뒤를 돌아보았다.

닐라는 그 자리에 가만히 서서 그들에게 인사를 건넸다.

"안녕하세요. 저는 가시덤불독사를 찾으러 온 닐라 비비안이라고 해요."

키가 더 커 보이는 남성이 대답했다.

"어……. 가시덤불독사를요? 그 녀석은 찾기 매우 힘들 텐데."

닐라가 빙긋 웃음을 지으며 말했다.

"그래서 말인데, 당신들이 저를 도와줬으면 해요. 가능할까요?"

그녀의 말에 그 남성이 당황한 듯한 표정을 지었다. 그때, 그의 옆에 있던 다른 남성이 말했다.

"키플라가트[Kiplagat], 우리가 도와주자. 여기서 혼자 가시덤불독사를 찾다가 다치기라도 하면 안 되잖아."

닐라는 그의 말에 웃음을 지었다.

키플라가트가 인상을 쓰며 말했다.

"우리는 식량을 구해야 해. 바쁘다고."

닐라가 애절한 눈빛으로 키플라가트를 바라보았다. 그러자 옆에 있던 남성이 말했다.

"비비안이라고 했죠? 난 오티에노[Otieno]입니다."

"고마워요, 오티에노. 당신들이 날 도와준다니. 일이 잘 풀릴 것 같은 예감이 들어요."

그는 그의 친구의 어깨를 툭 치며 닐라의 말에 대답했다.

"그런가요? 그렇다면 고맙군요."

키플라가트가 칼로 풀을 획 잘랐다. 잘린 풀이 바닥으로 뚝 떨어졌다. 그는 고갯짓으로 그들에게 자신을 따라오라는 신호를 보냈다.

닐라와 오티에노는 함께 그의 뒤를 따랐다.

오티에노가 그녀의 손을 바라보다 놀란 표정을 지었다. 그가 놀랄만했다. 닐라의 손에는 굳은 피가 묻어있었다.

"손을 다쳤나 봐요."

닐라가 풀을 잘랐다. 그는 그녀의 행동을 유심히 관찰하며 답을 알았다는 듯이 고개를 살짝 끄덕였다.

"칼을 마구잡이로 휘두르니 손이 풀잎에 베이는 겁니다. 여기 있는 풀들은 잎이 톱니 같아서 무척 위험해요. 그것들의 줄기를 자를 땐 사선으로 빠르게 그어야 해요. 안 그러면 당신처럼 다치죠. 괜찮은 건가요, 비비안?"

닐라는 피를 바지에 닦았다. 그녀의 옷에 붉은 얼룩이 졌다. 닐라는 마다하지 않고 대답했다.

"그런 것 같아요. 뭐, 별로 안 아파요. 하지만 풀을 베는 데 방법이 있다는 건 처음 알았네요. 그냥 자르면 되는 줄 알았는데."

오티에고가 자상하게 웃으며 말했다.

"이런 거에도 비법이 있답니다. 당신에게만 알려준 거에요."

그는 장난스럽게 말을 마쳤다.

키플라가트가 손가락으로 나무 위를 가리켰다. 그의 손끝이 향한 곳에는 긴 꼬리를 나뭇가지 아래로 늘어뜨린 아름다운 앵무새가 있었다. 앵무새는 자신의 깃을 부리로 고르고 있었다. 푸른 깃은 오아시스 같았다. 푸른 앵무새는 하늘을 바라보며 자신의 커다란 날개를 자랑하듯 펄럭였다. 앵무새의 검은 눈은 아름다웠다. 고급 재킷에 박힌 검은 단추와 비슷해 보였다.

닐라는 한 걸음 더 다가가려 했다. 그녀는 발밑에 나뭇가지가 있다는 것을 보지 못했다. 결국, 나뭇가지는 그녀의 발에서 따악 소리를 내며 부러졌다.

가시덤불독사

"이크!"

앵무새는 놀라는 토끼 눈이 되어서 긴 꼬리를 흔들며 다른 나무로 날아가 버렸다.

"죄송해요. 정말 아름다운 새였는데."

키플라가트가 그녀를 다독이며 말했다.

"괜찮아요. 우리는 자주 저 새를 만나요. 저희에게는 흔한 새죠. 그저 당신에게 보여주려고 한 겁니다. 그걸 당신이 쫓아버리긴 했지만요."

닐라는 머리를 긁적였다. 그래도 자신을 위한 거였다니 다행이었다. 그들도 처음 보는 희귀한 앵무새였다면 말이 달랐겠지만.

그들은 다시 걸음을 옮겼다. 높게 자란 풀들이 닐라의 온몸을 긁었다. 닐라는 오티에고가 알려준 방법대로 잘라냈다. 잘린 풀들은 바닥으로 떨어져 나갔다.

질퍽한 땅에 신발이 빠졌다. 닐라는 종아리와 허벅지에 힘을 주고 발을 빼냈다. 신발에 달라붙어 있던 진흙이 떨어졌다. 닐라는 발을 한번 털고 다시 그들의 뒤를 쫓았다. 그들이 어떻게 발이 진흙에 빠지지 않는지 궁금해서 그녀는 그들의 발을 살펴보았다. 그들은 신발을 신고 있지 않았다. 닐라가 그들의 속도를 따라잡으며 질문했다.

"왜 신발을 안 신어요?"

오티에고가 자신의 발을 확인하고 대답했다.

"아, 이렇게 가면 더 편해서요. 열대우림에 있을 때는 맨발로 지내요. 다룰 땐 신발을 신죠."

닐라가 걱정하듯 말했다.

"하지만 다치지 않아요?"

"아래만 잘 보고 다니면 괜찮아요."

그의 발걸음은 신발을 신은 닐라보다 가벼워 보였다. 닐라는 자신도 신발을 벗을까 고민했다. 그녀가 신발을 벗으려고 발을 들자 키플라가트가 말렸다.

"신발을 벗으시게요? 그냥 신어요. 저희는 익숙하지만, 당신은 그렇지 않잖아요. 다칠 수 있어요."

닐라는 행동을 멈췄다.

"그래요? 열대우림에선 맨발로 걸어야 될까 싶어서……."

오티에고가 다정하게 말했다.

"안 그래도 돼요, 비비안."

닐라는 뒤꿈치가 살짝 들린 신발을 다시 신었다. 그리고 고개를 끄덕였다.

그들은 다시 수풀을 헤치고 나갔다.

모기들이 그녀의 피부에 앉아서 피를 빨았다. 이곳은 모기가 너무 많았다. 닐라는 손을 휘둘러 모기가 그녀에게 앉지 못하게 했다. 모기에게 물린 곳이 벌겋게 달아올랐다. 간지러움을 이기지 못한 닐라는 손톱으로 물린 부분을 긁었다. 그녀는 그곳을 손바닥으로 가볍게 두드렸다. 아직 가려움이 남아있었으나 아까보다는 덜했다. 솔직히 모기가 사라지길 바랐다. 하지만 그 녀석들이 사라지면 생태계가 파괴될 것이다.

두 남성의 걸음이 멈췄다. 닐라도 그들의 옆에 섰다.

재규어다.

재규어는 나무 위에서 꼬리와 다리를 늘어뜨리고 잠에 빠져 있었다. 재규어의 근육질 몸과 늠름한 자태는 멋졌다. 재규어는 그들을 발견하지 못했다. 적어도 아직은.

키플라가트는 양팔을 벌려 닐라와 오티에고를 뒤로 물러나게 했다. 재규어의 몸집이 생각보다 컸다. 녀석이 잠에서 깬다면 그들의 목숨이 위험했다. 그는 재규어가 깨지 않게 조심히 뒷걸음질 치면서도 재규어에게서 눈을 떼지 않았다.

닐라는 재규어를 빤히 관찰했다. 재규어의 독특한 점박이 무늬는 근사했다. 녀석의 큰 코를 만져보고 싶었지만, 그 바람을 행동으로 옮기지는 않았다.

그들은 뒷걸음질 치며 재규어에게서 벗어나려 노력했다. 닐라는 나뭇가지를 밟는 실수를 하지 않기를 바랐다.

적당한 거리를 벌린 후 뒤돌아 뛰었다. 재규어가 그들이 달리는 소리에 놀라서 깨지는 않았는지 궁금해 뒤를 돌아보았다. 하지만 녀석은 귀를 움찔거릴 뿐 일어나지는 않았다.

닐라는 목숨을 지켰다는 생각에 마음 편히 숨을 내쉬었다.

"휴, 위험했네요. 저렇게 큰 녀석은 또 처음이군요."

오티에고가 헛웃음을 지으며 말했다. 그도 당황스러워 보였다. 그는 뒤통수를 긁적였다.

닐라는 다시 한번 뒤를 돌아보았다. 재규어는 없었다. 하지만 이곳에는 재규어가 아닌 다른 맹수들이 많으니 주의해야 했다.

키플라가트는 맹수에게서 도망치는 모습이 능숙해 보였다. 그들을 지키는 리더의 모습도 인상 깊었다.

닐라가 조심스럽게 물었다.

"키플라가트. 혹시 맹수를 많이 만나보았어요? 능숙해 보이길래."

닐라는 그가 얼굴을 찡그리는 것을 알아차렸다. 그녀는 다급하게 말을 덧붙였다.

"아, 좋지 않은 기억이면 제게 말하지 않아도 돼요. 전 그저 궁금해서 물어본 거니까요."

그는 피식 웃으며 말했다.

"어차피 오래된 기억이에요. 누군가 알아도 되죠. 가면서 이야기를 들려줄게요."

닐라는 두 사람을 따라가며 고개를 끄덕였다. 그의 마음을 불편하게 하지 않은 것 같아 마음이 놓였다.

키플라가트가 땅에 단단하게 자리 잡은 풀을 칼로 쓱 베며 입을 열었다.

"나는 이런 수풀에서 뛰어노는 것을 좋아했어요. 음, 아마도 제가 열다섯일 때의 얘기 같군요. 내게는 형이 있었어요. 형은 우리 가족 중에서 첫째였죠. 첫째라 해도 열일곱이었어요. 어린 나이였죠. 그는 우릴 잘 챙겼어요. 하루는 저희가 형 몰래 나갔어요. 형은 늘 자신을 두고 우림에 들어가지 못하게 했으니까요. 형의 말을 들었어야 했어요."

그는 눈을 질끈 감았다.

닐라가 다시 한번 말했다.

"하기 싫으면 굳이 말하지 않아도 돼요."

하지만 그는 옆은 미소를 지으며 고개를 저었다.

"풀이 우거진 곳에서 으르렁거리는 소리가 들렸어요. 나와 동생은 겁에 질렸죠. 그 소리는 정말 소름 끼쳤어요. 즐거웠던 숲이 공포로 물들었어요. 나는 동생의 손을 잡고 뒤로 물러났어요. 녀석이 풀 사이에서 나왔어요. 난 아직도 생생하게 기억해요. 큰 발과 한번 물리면 뼈가 부러질 것 같은 이빨, 매서운 두 눈을요. 이제 와서 기억을 되돌리면 그 재규어는 꽤 작았어요. 아무튼, 형이 나왔죠. 우린 그걸 다행이라고 생각했어요. 벌어질 미래는 생각하지도 못한 채. 형은 우리에게 뛰라고 한 후, 재규어에게 달려갔어요. 난 뒤돌아보지 못했어요. 눈을 꾹 감고 달렸죠. 뒤에서 들려오는 처절한 비명 소리를 무시한 채로요. 그 후로 우리는 형을 보지 못했어요. 평생을요."

그는 그 일 때문에 죄책감을 달고 사는 듯 보였다. 키플라가트는 고개를 푹 숙인 채 눈을 질끈 감았다.

닐라가 동정심이 담긴 눈으로 그를 바라보았다.

"날 그렇게 보지 않아도 돼요. 이미 지난 일이에요."

그녀는 그에게 아무 말도 해줄 수가 없었다.

그가 호탕한 웃음소리를 냈다.

"아, 내가 분위기를 너무 어둡게 만들었네요. 이를 어쩌죠? 우리 이 이야기는 잊고 가시덤불독사를 찾아요. 녀석들은 찾기 힘드니."

닐라와 오티에고가 고개를 끄덕여 동의했다.

그들은 다시 열대우림 속을 탐험했다. 가시덤불독사는 보호색을 가지고 있어서 찾기가 매우 어려웠다. 닐라는 자신이 그 파충류를 찾을 수 있을지 걱정이 들었다. 그녀는 우거진 풀과 나무들을 자세히 살폈다. 가시덤불독사 특유의 모습을 보긴 힘들었다.

그들은 판타지 소설에나 나올 법한 외모를 가지고 있었다. 현실에 있을 것처럼 생기지 않았다. 드래건 같은 모습과 보석 같은 눈으로 파충류 애호가들에게 큰 인기를 끈 종이다.

닐라는 녀석이 있을 만할 곳을 찾기 위해 노력했다. 보통 나뭇가지에 있을 텐데, 닐라가 가는 곳에는 작은 곤충들뿐이었다. 그녀는 계속해서 풀을 헤치며 나아갔다. 손이 점점 까끌거렸다. 그녀는 자신의 손에 수분 크림을 바르고 싶다는 욕망이 생겼다.

오티에고의 머리에 딱딱한 열매가 떨어졌다. 그는 놀라서 열매에 맞은 머리를 손으로 만지며 뒤로 한걸음 물러섰다. 그의 모습이 우스워 보였다. 키플라가트가 떠들썩하게 웃었다. 그의 친구는 자신을 보고 웃는 키플라가트를 째려보았다. 닐라도 그의 옆에서 손으로 입을 가리고 키득거렸다.

오티에고는 머리가 아픈지 계속해서 머리를 만졌다. 그는 들리지 않게 투덜거렸다.

 그들은 다시 풀을 헤치며 나아갔다. 풀은 베어도 베어도 끝이 없었다. 분명 우거진 풀들은 모두 다 잘라버렸는데 앞으로 나아갈수록 더욱 많은 풀들이 나타났다. 줄기도 굵기도 더 커졌다. 잎도 더 날카로워졌다. 나무를 타고 올라간 넝쿨들이 그녀의 볼을 긁었다. 닐라는 자신의 볼을 긁은 날카로운 넝쿨을 손으로 잡아 고정한 후, 칼로 잘라버렸다. 잘려진 넝쿨이 힘없이 바닥으로 떨어졌다.

 닐라는 갑자기 두 사람에게 미안한 마음이 들었다. 닐라는 곧 있으면 그들에게서 잊힐 거다. 하지만, 키플라가트와 오티에고는 원래 그들이 해야 할 일이 있었다. 그러나 그들이 그녀가 가시덤불독사를 찾는 것을 도와주게 되면서 그들이 하려던 일을 멈추었다. 닐라가 이곳에서 사라진다면, 그들은 그들의 일터에서 멀리 떨어진 곳까지 오게 된 이유를 알 수 없을 것이다. 다시 돌아갈 때 길을 잃을 수도 있다. 그녀는 그들에게 부탁을 한 것이 잘못된 생각이었는지 의심이 들었다. 그러나 그들의 도움이 없다면 닐라는 이 일을 혼자의 힘으로 해결하기는 버거웠다. 이곳은 그녀가 위험한 상황에 처할 만한 요소들이 너무나도 많았다. 그녀가 혼자였다면 분명 길을 잃었을 테다. 닐라는 이 고민은 동물원의 신비한 곳으로 돌아간 후에 가넷에게 물어보겠다고 속으로 다짐했다.

 닐라는 키플라가트에게 물었다.

"제가 당신들에게 도움을 청하기 전에 무엇을 하고 있었어요? 바빠 보이더라고요."

그는 주위를 경계하다가 닐라의 질문에 그녀를 보며 대답했다.

"나와 오티에고는 가족을 먹일 식량을 구하던 중이었어요. 우린 이웃이거든요. 그래서 거의 매일, 함께 사냥을 나가요."

오티에고가 끼어들었다.

"우리는 전에 아주 커다란 새를 잡았어요. 대략 칠면조와 비슷한 크기였죠. 그리고 그걸 들고 집에 갔더니 아내와 아이들이 소리를 지르더군요. 우리가 보통 잡는 사냥감이라곤 닭 정도 되는 작은 새들뿐이었어요. 그날은 온 식구가 배가 터져 나오도록 배불리 먹었죠. 집에서 닭과 몇몇 가축을 키우지만, 그걸로는 부족하거든요. 그날은 운이 좋았죠. 안 그러나, 키플라가트?"

그는 고개를 끄덕였다. 키플라가트는 하늘을 바라보며 입맛을 다셨다.

"그 녀석이 불쌍하긴 했지만, 정말 맛있었지."

"맞아. 난 다시 먹고 싶어."

오티에고는 그의 볼록한 배를 손바닥으로 툭툭 치며 말했다.

그들은 먹거리에 관한 이야기를 하며 숲을 헤쳐 나갔다. 대화를 주고받으니 힘든 것이 조금 더 줄어드는 느낌이었다.

닐라는 풀벌레의 울음소리를 들었다. 초록색 풀벌레가 찌르르르 울었다. 녀석은 반투명한 연녹색 날개를 퍼덕였다. 풀벌레는 강한 뒷다리를 이용해 건너편 풀로 펄쩍 뛰었다. 풀이 흔들거렸다. 녀석이 뛰어든 풀에 붙어있던 다른 풀벌레가 놀라서 다른 곳으로 뛰었다. 큰 풀벌레이다.

그들은 숲의 더욱 깊숙한 곳까지 들어갔다. 사람의 발길이 전혀 닿지 않은 곳이었다. 풀이 더 많이 우거져 있었고 작은 날벌레들이 더 많아졌다. 진흙은 늪처럼 느껴질 정도였다. 질퍽거리는 진흙이 그들의 발을 집어삼켰다.

커다란 잎들이 햇빛을 막아주기는 했지만, 모든 햇빛을 막을 수는 없었다. 지칠 줄 모르고 타오르는 햇빛이 그들을 괴롭혔다. 닐라는 눈을 찌푸렸다. 그녀는 옆에 있는 커다란 잎을 따서 햇빛이 눈을 괴롭힐 수 없도록 막았다.

그녀의 모습을 본 오티에고가 말했다.

"그거 좋은 방법이군요. 넓적한 잎이 도움이 되네요."

닐라가 옅게 미소를 띠며 고개를 끄덕였다.

"눈이 너무 부셔서요. 앞을 볼 수가 없었어요. 이러니 눈을 뜨기가 더욱 수월하네요."

키플라가트가 칼을 휘두르며 말했다.

"여기는 늪이 있어요. 몸이 빠지지 않도록 조심하세요. 늪에 몸이 빠지면 아주 위험합니다."

닐라는 그가 보고 있는 방향을 바라보았다. 그곳은 늪처럼 보이지 않았다. 닐라가 늪지대를 유심히 바라보며 말했다.

"늪처럼 보이지 않아요."

그가 장난스럽게 말했다.

"그럼 들어가 보실래요?"

닐라는 허겁지겁 손을 저으며 대답했다.

"에이, 아니요. 늪이라면서요."

그녀는 눈웃음을 지었다.

"맞아요. 늪처럼 보이지는 않겠지만, 늪이 맞아요. 우거진 풀과 나무들 때문에 늪이 보이지 않는 겁니다. 확인시켜 줄게요. 잘 봐요."

키플라가트는 바닥에 있던 돌을 주워 늪에 던졌다. 돌은 잔잔한 늪의 표면을 요동치게 만들며 아래로 가라앉았다.

닐라의 눈이 동그래졌다.

"저런 곳에는 표식을 남겨야 할 것 같아요. 사람들이 빠지지 말라고요. 예를 들어, '늪 주의'라는 말을 남겨두던지요."

그가 고개를 저었다.

"이곳은 사람이 거의 안 와요. 굳이 인간의 손길이 닿지 않은 자연에 인간의 것을 남길 필요는 없어요. 그리고 이런 곳에 사는 사람들은 늪이 있다는 것을 금방 알 수 있어요. 익숙하니까요."

닐라는 고개를 끄덕였다. 하긴, 사람들이 이곳을 찾을 이유는 거의 없었다. 그녀 같은 사람만 빼면 말이다.

그들은 늪에 빠지지 않도록 늪지대를 피해서 지나갔다. 늪지대 근처라서 그런지 진흙이 더 묽어졌다.

늪지대를 벗어났다. 넝쿨들이 나무의 몸통을 감싸고 올라갔다. 많은 나무들이 자라고 있었다. 이곳이 가시덤불독사에게 최

적화된 서식지 같았다.

닐라가 걸음을 멈추고 나무 위를 살피며 입을 열었다.

"이곳에 있을 것 같아요. 서식지에 걸맞아요."

오티에고가 풀을 잘랐다.

"그럼 찾아보죠."

그들은 나뭇가지와 덤불을 살폈다. 덤불 사이에서 회색 생명체가 바스락거리며 움직였다. 닐라는 칼로 덤불과 덤불 사이를 벌렸다. 작고 둥근 귀와 긴 수염, 짧은 다리. 쥐였다. 닐라는 실망한 채 고개를 들었다. 그녀가 움직이는 소리에 놀란 쥐는 낙엽 속으로 도망쳤다.

그녀는 나무 구멍 사이도 살펴보았다. 그곳에는 새끼 새들이 있었다. 태어난 지 얼마 안 되어 보이는 새끼들은 분홍빛 피부를 가지고 있었다. 새끼들은 커다란 입을 벌렸다. 어미가 온 걸로 착각한 것이다. 닐라는 그녀의 표정을 보지도 못하는 새끼 새들에게 웃어주었다. 새들은 계속해서 먹이를 달라고 울었다. 고막을 찌르는 듯한 울음소리였다. 닐라는 귀를 손으로 살짝 막았다.

그녀는 아무 성과를 얻지 못한 채로 오티에고에게 다가갔다.

그는 날벌레들과 싸우고 있었다. 아니, 싸운다는 표현보단 공격받고 있다는 표현이 더 적합했다. 그는 모기와 다른 벌레들에게 물어뜯겼다. 오티에고의 피부에 붉은 자국이 생겼다. 그는 간지러움을 참지 못하고 피부를 긁었다.

"오티에고! 괜찮아요? 아, 이런. 간지럽겠어요. 제가 날벌레들을 쫓도록 도와드릴게요."

닐라는 들고 있던 커다란 잎을 빠르게 휘둘렀다. 그의 몸에 달라붙어 있던 벌레들이 날개를 폈다. 녀석들은 그들의 주변에서 날아다녔다. 닐라는 잎을 더 빠르게 휘둘렀다. 그를 데리고 벌레들에게서 빠져나왔다. 그녀의 팔에도 벌레를 물렸다. 닐라는 간지러움을 참으려고 노력했다. 간지러움을 잊기 위해서는 다를 거라도 해야 했다.

"아오, 벌레가 너무 많네요. 왜 이리 달라붙는지."

그는 자신의 몸에 붙은 모기를 손바닥으로 눌러 죽였다.

"늪지가 근처에 있어서 그런가 봐요."

"그러게요. 날벌레가 물면 간지러워서 너무 성가셔요."

닐라도 동의했다.

두 사람은 다시 독사를 찾기 시작했다.

닐라는 판타지 소설에 나올 것처럼 생긴 독사가 어서 자신의 눈앞에 나타나 주길 바랐다.

그녀는 나뭇가지 위를 살폈다. 나뭇잎 사이에 푸른 하늘이 보였다. 새들의 노랫소리도 나무 너머에서 들려왔다.

닐라는 다시 덤불 사이를 뒤졌다. 또 쥐다. 닐라는 한숨을 쉬었다. 여기는 쥐가 널렸나 보다. 쥐는 그녀를 보더니 도망쳤다. 닐라는 쥐를 뒤쫓지 않았다. 쥐가 꼬리를 흔들며 도망가는 뒷모습만 바라볼 뿐이었다.

그때였다. 키플라가트가 소리쳤다.

"비비안! 여기 있어요! 그런데……. 상황이 안 좋아 보이는 군요. 녀석이 공격받고 있잖아."

그녀는 그의 곁으로 걸어갔다.

녀석의 모습이 보이지 않았다. 그저 갈색 털 뭉치가 보였다. 그 털 뭉치가 움직였다. 작은 몸집을 가졌지만, 맹수처럼 보이는 녀석이었다. 짙은 줄무늬와 날카로운 이빨. 까만 꼬리 끝 무늬까지.

몽구스였다.

몽구스[Mongoose/학명: Herpestidae]는 독사와 마주 보고 있었다. 녀석은 이빨을 드러내고 가시덤불독사에게 달려들었다.

몽구스는 독에 면역이 있다고 했다. 하지만 가시덤불독사의 독에도 면역이 있을지는 모르겠다.

몽구스는 뱀의 옆구리에 이빨을 박아 넣었다. 독사가 몽구스를 물려고 입을 크게 벌리자 날카로운 독니가 보였다. 하지만 몽구스는 뱀이 자신을 물지 못하도록 얼굴을 마구 흔들었다. 뱀의 몸이 이리저리 흔들렸다.

또한 녀석은 혼자가 아니었다. 덤불 속에서 작은 몽구스 둘이 나왔다. 새끼처럼 보였다. 새끼는 몇 달 전에 태어난 듯 보였다. 뱀을 물고 있는 몽구스가 어미로 추정되었다.

새끼들이 꺅꺅거리며 가시덤불독사에게 달려들었다. 새끼들은 뱀의 꼬리와 목을 각각 물었다. 독사는 고통스러운지 몸을 맹렬하게 움직였다.

닐라는 그에게 다가갔다가 그 광경을 보고 놀랐다. 어떻게든

독사를 구해야 했다.

새끼들은 독사를 먹잇감이 아닌 장난감으로 보고 있다. 녀석들이 뱀의 초록색 비늘을 잘근잘근 씹었다. 뱀의 비늘 위로 붉은 액체가 흘렀다.

어미가 머리를 흔들었다. 그러자 뱀을 물고 있던 새끼들이 독사의 몸에 박힌 이빨을 빼냈다. 뱀이 새끼들을 물려고 목을 뻗었다. 그러자 어미 몽구스가 뱀을 힘차게 털어버렸다. 가시덤불독사가 힘없이 덤불 너머로 날아갔다.

당황한 닐라는 그 자리에서 더는 움직이지 않았다. 뱀이 날아갔다. 그녀는 정신을 차리고 가시덤불독사가 던져진 방향으로 다가갔다.

덤불 사이에 있는 묽은 진흙더미였다. 닐라는 고갤 숙여 진흙더미를 살폈다. 초록색 비늘. 반짝이는 두 눈. 작은 머리까지.

가시덤불독사가 맞았다.

닐라는 얇고 긴 나무 막대기를 집었다. 물리지 않도록 조심해야 한다. 그 뱀은 진흙에 갇혀 몸부림쳤다. 비늘 사이에 갈색 진흙이 껴 있었다. 가시덤불독사는 힘이 거의 다 빠진 것 같았다. 닐라는 막대기로 뱀을 건드렸다. 뱀은 얼굴을 들어서 그것을 쳐다보려고 노력했다. 하지만 묵직한 진흙이 녀석의 몸을 잡아당기는 바람에 움직임을 멈추었다. 그녀는 그녀의 옆에 서 있는 오티에고를 보며 말했다.

"오티에고. 우선 녀석을 진흙에서 벗어나게 해주는 게 가장 좋겠죠?"

그가 바닥에 웅크렸다.

"나뭇가지로 잡게요? 그걸로는 이 뱀의 무게를 버티지 못할 텐데요. 떨어질 수도 있고요."

닐라는 의지에 가득 찬 눈으로 그를 바라보았다.

"내가 잡을게요. 손으로요. 그러면 금방 잡을 수 있을 겁니다. 그리고 이 가시덤불독사는 몸에 있던 힘도 빠졌는걸요."

그녀의 말을 잠자코 듣고 있던 키플라가트가 인상을 썼다. 닐라의 발언이 마음에 들지 않는 표정을 하고 있었다.

"이 뱀은 독사예요. 힘이 빠져있더라도 독이 없는 건 아니잖아요. 이곳에서 물리면 답이 없어요. 당신은 병원에 도착하기도 전에 쓰러지게 될걸요. 지금 우리가 열대우림에 있다는 걸 잊지 마세요. 전 당신의 계획에 반대합니다."

닐라가 그의 말을 듣고 생각에 잠겼다.

'난 꼭 해야 해. 하지만 그의 말에도 일리가 있어. 이곳은 병원도 없잖아. 그렇다면 방법이 없는걸.'

닐라는 결심했다. 손으로 뱀을 잡기로. 이번에는 키플라가트의 말을 무시하기로 했다.

"하지만 전 이 녀석을 구해야 해요. 위험하긴 하겠지만, 금방 끝날 겁니다."

닐라는 가시덤불독사가 빠진 진흙 옆에 한쪽 무릎을 꿇었다. 그녀를 지켜보던 오티에고가 닐라를 말리려고 손을 뻗으려다

이내 팔을 접었다. 그녀는 가시덤불독사의 몸통을 잡았다. 진흙이 뱀의 비늘 사이에 묻어있어서 뱀이 미끌거렸다. 닐라는 뱀의 몸이 미끄러지지 않도록 꽉 움켜잡았다. 다리 없는 파충류는 그녀의 손이 자신의 몸에 닿자 닐라에게서 빠져나가려고 버둥거렸다. 닐라는 뱀의 머리를 잡았다. 그 독사는 입을 열려고 했다. 독니가 보일락 말락 했다. 닐라는 녀석을 진흙에서 빼내어 풀 위에 올렸다. 뱀은 움직이지 않았다. 그녀는 뱀을 나뭇가지로 건드렸다. 뱀의 꼬리가 살랑거렸다. 닐라는 뱀의 머리를 손으로 잡고 몸에 묻은 진흙을 손으로 밀며 닦았다. 독사의 비늘을 뒤덮었던 갈색 진흙은 사라지고 초록색 비늘이 눈에 들어왔다. 닐라가 만족스럽게 웃으며 뱀을 덤불 방향으로 놓아주었다. 뱀은 잠시 동안 움직이지 않았다. 그들은 가시덤불독사를 잠자코 바라보았다.

닐라의 손에 진흙과 뱀이 흘린 피가 묻어있었다. 그녀는 이미 붉게 얼룩져 있는 옷에 손을 닦았다. 옷이 더욱 더러워졌다.

"왜 움직이지 않을까요?"

오티에고가 물었다.

"기력을 채우는 중일 겁니다. 기다려 보죠."

닐라가 대답했다.

가시덤불독사의 눈이 정말 아름다워 보였다. 어떠한 보석보다 더 귀중한 값어치가 있어 보였다.

가시덤불독사는 정신을 차린 건지 머리를 들고 덤불 속으로 기었다. 속도가 빠른 편은 아니었지만, 움직일 수 있을 정도의 기력은 차린 것 같았다.

닐라는 녀석이 덤불 속으로 들어가는 모습을 지켜봤다. 녀석은 자신을 구해준 이들을 적으로 아는 듯 보였다. 가시덤불독사는 덤불 위로 올라탔다. 뱀의 초록색 비늘과 뾰족한 가시 같은 비늘은 정말 잎처럼 보였다. 녀석이 덤불 속에 몸을 숨기고 있다면 보이지 않을 것이다.

그녀는 가시덤불독사가 숨은 걸 보고 고개를 돌렸다. 이제 그녀의 할 일은 끝났다.

"날 도와주어서 고마워요."

닐라의 말에 두 남자가 웃으며 말했다.

"고맙긴요. 우리에게도 좋은 경험이었어요."

닐라는 피식 웃었다.

"이제 어디로 가실 건가요?"

오티에고가 그녀 얼굴 너머를 바라보았다.

"장터에 가볼까 해요. 조금만 더 가면 다른 마을이 있어요. 그곳에서 장을 보려고요."

닐라가 고개를 끄덕였다. 그들이 갈 곳이 있어, 다행이었다. 미안함을 조금은 덜 수 있었다.

그녀는 바람이 오길 기다렸다. 그 사이, 오티에고와 키플라가 트는 그녀의 앞으로 나아갔다. 닐라는 그들의 뒷모습을 바라보다가 뒤를 돌았다.

바람이 왔다. 그녀를 데리러 왔다. 닐라는 눈을 가볍게 감았다. 바람이 느껴졌다. 왜인지 쓸쓸한 바람이었다. 무엇이 쓸쓸한 것일까. 그녀의 마음일까.

말레이호랑이

가넷이 바로 그녀의 눈앞에 있었다. 그녀는 촉촉한 코를 닐라의 콧등에 올렸다. 닐라는 그녀의 붉은 눈을 들여다보기가 어려워 눈을 살짝 감았다. 가넷은 그녀를 보며 귀를 까딱거렸다. 그녀는 촉촉한 코를 닐라에게서 떼어냈다. 닐라는 다시 눈을 떴다. 가넷이 목구멍을 울리며 가르랑거렸다.

닐라는 그녀에게 물었다.

"그들이 식량을 구해서 집으로 잘 돌아갔을까?"

"오티에고와 키플라가트를 말하는 건가요?"

닐라는 천천히 고개를 끄덕였다. 닐라가 사라진 뒤, 그들이 무사한지 알고 싶었다.

"걱정하지 않아도 돼요. 두 사람은 당신에게 말한 대로 옆 마을에 방문하여 먹을 것을 구해 갔어요."

닐라가 손으로 가슴을 쓸어내렸다.

가넷이 가죽 의자에서 아래로 뛰어내리며 말했다.

"여기에 앉아요. 나에 대해서, 이곳에 대해서 더 말해줄게요."

닐라는 가죽 의자에 팔을 기대고 앉았다. 푹신거리는 느낌이 좋았다. 포근했다.

가넷이 식탁 위에 앉아 몸을 웅크리고 꼬리를 앞발 위에 올렸다. 그녀는 꼬리 끝을 까끌거리는 혀로 핥았다. 삐죽삐죽 튀어나와 있던 털이 매끈해지자 만족스럽게 수염을 위로 들어 올렸다.

"내게는 주인이 있었어요. 이곳은 생물학자의 집이었어요. 그는 멸종 생물에 대해 관심이 많았죠. 복원하고 싶다는 의지도 강했고요. 그는 나의 주인이었어요. 참 친절했죠. 나는 항상 그의 무릎에서 그가 연구하는 것을 지켜보았어요. 그의 연구는 멋졌죠. 그는 미래에는 더욱 다양하고 많은 종의 생물들이 살 거라고 믿었어요. 그리고 저는 그의 믿음이 현실이 되길 바랐죠. 그는 마당에 있는 새들에게 모이를 주었고, 길 잃은 개에게 보금자리를 내어주었어요. 굶주린 청설모에게 간식을 챙겨 주었죠. 그는 동물을 사랑했어요. 하지만 그에게는 큰 걱정이 있었어요. 계속 연구를 했지만, 결과가 나오지 않았던 거죠. 결국 그는 그렇게 떠났어요. 그가 떠난 후, 나는 길에서 생활하게 되었어요. 길 생활은 험난했죠. 난 버틸 자신이 없었어요. 결국, 저도 이곳에서 끝을 맞이했어요. 아름다운 끝이었죠. 난 꽃들 속에서 잠들었어요. 나비들이 나의 끝을 마중해 주었어요. 난 그대로 사라질 뻔했어요. 하지만 저 액자 속으로 나의 영혼이 들어가게 됐죠. 그 후에 저는 주인의 믿음에 따라 멸종 위기 생물들을 도와줄 사람을 찾게 되었어요. 우릴 도울 사람을 찾기란 쉬울 줄 알았어요. 그러나 조건이 까다로웠죠. 그 조건에 대해서는 말해줄 수가 없어요. 비밀이거든요. 저는 아주 오랫동안 그 조건에 알맞은 인물을 찾으려 노력했어요. 그러다 당신을 찾게 된 겁니다."

닐라는 가넷의 붉은 눈을 보며 물었다.

"너는 죽은 거야?"

가넷이 고개를 저었다.

"나는 죽지 않았어요, 닐라. 나의 영혼은 당신의 앞에 있어요. 내가 말했잖아요. 저의 영혼이 사라지지 않고 액자 속으로 들어갔다고요."

닐라는 그녀와 이마를 맞댈 때 느껴지는 가넷의 따뜻한 숨결을 기억하며 다시 물었다.

"그러면 너는 이곳을 벗어날 수 있어?"

"난 당신의 일이 끝나면 조금 뒤에 사라질 겁니다. 일주일 정도는 더 있을 수 있어요. 그러나 당신은 이곳에 더 흐음……? 이상 들어올 수 없어요. 이곳은 당신이 할 일이 끝나면 사라지니까요."

그녀는 그녀가 있는 곳을 둘러보았다. 이곳이 사라진다니.

"이곳이 사라진다고? 이 집은 너의 집이었다며. 근데 왜?"

가넷이 뒷발로 턱을 긁었다.

"내가 사라지니까요. 이곳은 나의 집이니까요. 이제 없어질 때가 온 거죠."

닐라는 머리가 어지러웠지만, 고개를 끄덕였다.

자리에서 일어나는 가넷에게 닐라가 질문했다.

"너의 눈 색은 원래 붉은 색이었어?"

붉은 눈을 가진 고양이를 닐라는 본 적이 없었다. 연구 결과에서도 없었다.

가넷이 빙그르르 돌았다.

"나는 초록색 눈을 가지고 있었어요. 당신과 비슷한 색이었어요. 하지만 조금 더 진한 초록색이요."

가넷이 붉은 눈이 아닌 초록 눈을 가진 상상을 해보았다. 그녀는 여전히 당돌하고 아름답게 눈을 깜빡일 것이다. 그녀의 초록 눈은 깊은 에메랄드 바다처럼 보일 것 같았다. 안개 낀 호수의 새벽 아침에 길게 자란 풀 위에 맺힌 이슬처럼 보이기도 할 것 같았다.

가넷이 다리를 쭈욱 폈다. 그리고 그녀에게 더 가까이 다가왔다.

"이제 갈까요?"

닐라도 손에 깍지를 끼고 기지개를 켰다. 그녀는 짧게 대답했다. 그러자 가넷이 입을 열었다.

"닐라. 당신은 다시 숲속으로 들어가게 될 겁니다."

닐라가 얼굴을 찌푸렸다. 또다시 벌레에게 물리고 싶지 않았다. 벌레에 물린 곳은 이곳에 돌아와도 그대로였다. 닐라는 벌겋게 부어오른 피부를 살짝 긁었다.

"숲과 친해지세요, 닐라."

닐라는 반항적으로 말했다.

"하지만 벌레들이 너무 득실거린단 말이야."

"어쩌겠어요. 다른 이들이 당신을 숲으로 보내는데."

닐라는 한숨을 쉬고 마지못해 고개를 끄덕였다.

"말레이호랑이[Malayan Tiger/학명: Panthera Tigris Jacksoni]를 만나게 될 겁니다."

"호랑이?"

말레이호랑이는 들어본 적이 있었다. 그녀가 알기로는 야생에서 살고 있는 개체는 80~120마리 사이였다. 그래도 바키타를 찾는 것보단 쉬울지도 모른다.

"호랑이는 위험하잖아."

닐라가 손톱을 이빨로 잘근 씹었다. 말레이호랑이의 크기가 작은 편이라 하더라도 날렵하고 다리 근육이 발달되어 점프력이 높은 종이었다.

"두렵나요?"

닐라는 곧바로 대답했다.

"당연하지. 죽을지도 모르잖아."

"제가 장담하는데 당신은 죽지 않을 겁니다."

닐라는 가넷을 바라보았다. 가넷을 믿기로 했다. 그녀가 이런 걸로 장난을 칠 성격은 아니었다.

"알았어. 우선 출발해야지."

가넷과 이마를 맞대자 바람이 돌아왔다.

닐라는 바람을 타고 말레이시아의 깊은 숲속으로 들어왔다. 숲에서 나는 신선한 공기는 언제나 기분을 좋게 만들었다.

그녀는 이곳에서 혼자일까. 아니면 다른 사람들과 함께일까.

닐라는 주위의 소리를 듣기 위해서 몸을 움직이지 않았다. 새가 지저귀는 소리. 풀과 나뭇잎이 바람에 흔들리는 소리. 새가 나무를 쪼아대는 소리까지. 가지각색의 소리가 그녀의 귀에 들려왔다.

그녀는 걸음을 옮겼다. 목적지는 정해져 있지 않았다. 이번에는 진흙이 아니었다. 자갈과 흙으로 된 바닥이었다. 신발이 진흙에 빠질 일은 없을 것 같았다. 폭신거리는 토양이 그녀의 발걸음을 편하게 만들어 주었다.

우거진 풀이 그녀를 괴롭히지도 않았다. 오히려 닐라의 정신을 더 상쾌하게 만들어 주었다. 나무들은 거리를 두고 자라있었다. 굳이 칼로 우거진 풀들을 베어버리지 않아도 됐다.

그녀는 사람들이 있길 빌었다. 호랑이를 혼자 만나는 것은 무척이나 두려웠다. 특히 이곳은 야생이다. 닐라는 나무 사이사이를 자세히 둘러보며 앞으로 나아갔다. 그녀는 계속해서 걸음을 옮겼지만, 아무것도 보이지 않았다.

"이번에는 나 혼자 해야 하는 거야?"

닐라는 한숨을 내쉬었다. 호랑이 굴에 제 발로 들어가는 셈이라니. 목숨이 아홉 개라도 모자랐다.

그녀는 투덜거리며 더 숲의 깊은 곳으로 들어갔다. 낙엽이 바스락거렸다. 닐라는 낙엽을 장난스럽게 발로 차며 걸었다.

무의식적으로 카일과 함께 이곳에서 어린아이처럼 장난을 치고 싶다는 생각이 들었다. 닐라는 옅은 미소를 띠었다. 그녀는 굳이 카일에 관한 생각을 떨치지 않았다. 그와의 추억은 그녀만의 기억으로 마음속 깊은 곳에 자리 잡았다. 닐라는 그녀 자신만의 공상에 빠져있다가 다시 말레이호랑이를 찾는 일에 집중하려 고갤 가볍게 흔들었다.

위험을 무릅쓰고 야생을 혼자서 돌아다니는 것은 이번만 일 것이다. 제정신인 사람이 이런 곳에 다시 오진 않을 테니.

닐라는 콧노래를 흥얼거렸다. 고요한 숲속에서 어떠한 작은 소리라도 내야겠다는 생각이 들었다. 새들이 지저귀는 소리에 화답하듯이 그들의 소리와 그녀의 노랫소리는 하나가 되었다. 적막한 숲에서 일어나는 하나의 공연이었다. 새들의 가느다란 울음소리가 그녀의 음성과 합을 맞추었다. 닐라는 손끝을 까딱거리며 리듬을 탔다. 그녀는 혼자가 아니라는 것을 상기시켜 주는 듯 새들의 울음소리는 더욱 커졌다. 닐라는 자연이 만들어 낸 아름다운 음악에 맞춰 춤을 추고 싶었다.

그녀는 손을 뻗었다. 하늘과 손을 맞잡았다. 맑은 하늘이 따뜻하게 그녀의 손을 감싸주었다. 발을 한 걸음씩 움직였다. 발끝으로 땅을 짚었다. 그녀는 몸으로 선을 그리는 화가였다. 닐라는 눈을 스르륵 감았다. 새들의 울음에 몸을 맡겼다. 마음이 붕 떴다. 뭉게구름이 된 것 같았다. 닐라는 몸을 움직이다가 멈추고 눈을 천천히 떴다.

닐라는 푸른 하늘을 올려다보았다. 노래하던 새들은 하늘 위로 날아갔다. 아름다운 날개를 펄럭이며 날았다. 닐라는 새어 나오는 웃음에 손을 아래로 뻗고 몸을 폈다. 그녀는 환하게 웃었다.

닐라는 바람을 타고 흩날리는 머리카락을 하나로 모아 높게 올려 묶었다. 시원한 바람이 목선을 타고 지나갔다. 닐라는 다시 걸음을 옮겼다. 말레이호랑이가 있을 만한 곳을 찾아야 했다.

"그래. 호랑이는 물을 좋아하잖아. 강을 타고 올라가자. 그러면 녀석들을 만날 수 있을 거야."

닐라는 움직임을 멈추고 가만히 서서 물이 흐르는 소리를 들었다. 닐라의 오른쪽 방향에서 물이 바위에 부딪혀 첨벙이는 소리가 들렸다. 닐라는 그 소리가 들리는 곳으로 방향을 틀었다. 걸음이 빨라졌다.

얇고 긴 나무들이 그녀의 앞을 가로막았다. 닐라는 나무 사이를 비집고 지나갔다. 겉에 껍질이 벗겨진 나무들이 그녀의 옷을 잡아당겼지만, 닐라는 손으로 나무를 밀어 그녀의 몸이 나무에게서 벗어나도록 했다. 그녀의 옷에 걸려있던 나무껍질 조각이 바닥으로 떨어진 채로 나뒹굴었다. 그녀는 떨어진 나무 조각을 무시하고 발걸음을 옮겼다.

바닥은 자갈들이 깔려있었다. 흙도 섞여있었지만, 대부분 작은 돌들로 이루어져 있었다. 발이 빠지지 않아서 그녀의 속도는 더 빨라졌다.

닐라는 물가에 다가왔다는 생각이 들었다. 물소리가 점점 거세졌다. 닐라는 기대에 차서 자신의 시야를 가리고 있는 나뭇가지를 들어 올렸다. 그녀는 작게 탄성을 냈다.

그녀의 앞에 있던 건 아무것도 보이지 않고 칠흑 같은 어둠의 낭떠러지였다. 그녀가 자칫해서 더 빨리 뛰었다면 목숨을 잃을 수도 있었다. 닐라는 인상을 쓰고 뒤로 세 발 물러났다. 그녀는 바닥에 있는 돌멩이 하나를 주워 낭떠러지에 던졌다. 돌이 바닥에 닿는 소리가 들리지 않았다. 닐라가 아래를 내려다보려고 앞으로 다가갔을 때 작은 소리가 들렸다. 티잉. 아주 작은 소리였다.

닐라는 이곳을 지나갈 길이 있는지 주위를 둘러보았다. 쓰러져 있는 통나무가 보였다. 번개를 맞았었는지 윗부분이 까맣게 그을려 있었다. 닐라는 커다란 통나무가 있는 곳으로 걸어갔다. 통나무는 생각보다 더 컸다. 이 정도 두께라면 청소년 여자아이의 키 정도 되어 보였다. 닐라는 나무의 거친 표면을 손끝으로 더듬었다. 단단했다. 그녀의 무게를 충분히 버틸 수 있을 것 같았다. 하지만 이 방법은 무척 정신 나간 짓이었다. 부서질 것 같은 통나무를 타고 밑이 보이지 않는 낭떠러지를 건넌다는 것은 불가능에 가까웠다.

그녀가 다른 방법을 찾기 위해서 발뒤꿈치를 들고 주위를 둘러보았다. 아무것도 보이지 않았다. 닐라는 한숨을 쉬었다. 그녀는 이 낭떠러지를 꼭 건너야 했다. 강을 따라가야 했다.

닐라는 제자리에서 폴짝폴짝 뛰며 몸을 풀었다. 그리고 나서 얼굴을 흔들어 몸의 긴장을 풀기 위해 노력했다.

닐라는 커다란 통나무 위에 말을 타듯이 올라탔다. 쓰러진 나무의 꺼끌거리는 표면 사이에 그녀의 발을 끼워 중심을 잡았다. 닐라는 발에 힘을 주고 조금씩 몸을 밀었다. 그녀의 다리가 나무에 쓸렸다. 닐라는 고통을 참았다. 그녀는 땅에서 멀어지고 있었다. 닐라는 몸을 앞으로 숙이고 기었다. 몸이 벌벌 떨렸다. 그녀는 앞만 응시하면서 나아갔다. 밑을 보게 되면 그 자리에서 얼어붙을 것 같았다.

그녀가 거의 반쯤 왔을 때, 다리를 지탱하고 있던 나무껍질이 부서졌다. 닐라는 비명을 질렀다. 발이 나무에서 미끄러졌다. 그녀는 눈을 질끈 감고 떨리는 손으로 통나무를 움켜잡았다.

"아아아······. 제발, 난 살아서 돌아가고 싶다고. 하느님, 길이 이것밖에 없던 겁니까. 이 나무는 죽었다고요."

닐라는 눈을 떴다. 밑이 보이자, 그녀는 고개를 숙이고 이마를 손등에 올렸다.

"젠장. 괜히 봤어."

그녀는 나지막한 욕을 내뱉었다. 그녀는 아래를 내려다보지 않게 눈동자를 위로 유지시키고 고개를 들어 올렸다. 까마귀들이 그녀의 위로 울며 지나갔다. 저 울음소리는 그녀를 비웃는 것일까. 아니면 응원의 메시지일까.

그녀는 다시 발로 몸을 밀며 앞으로 기어갔다. 그녀는 또다시 통나무가 부서질까 봐 발끝을 더듬거렸다. 손에 가시가 박히는 느낌이 들었다. 닐라는 잠시 손을 나무 위에서 들어 올리고 양손을 겹쳐 비볐다. 가시가 걸리적거렸다.

닐라는 다시 손을 나무 위에 올렸다. 숨을 가다듬고 몸을 움직였다.

"조금만 더 가면 돼. 조금만 더."

그녀의 마음은 조급했지만, 행동은 침착했다. 행동을 서둘렀다가는 정말 의도치 않게 빨리 갈 수도 있었다. 하늘 위로.

닐라는 자세를 낮추고 기었다. 그녀의 발은 나무 틈을 찾느라 바빴다. 닐라는 틈 사이에 발을 고정했다. 다리 근육이 긴장을 했다. 이대로 쥐가 나버리면 큰일이었다. 그녀는 한 손은 나무를 꽉 잡고 다른 한 손으로는 허벅지를 두들겼다. 그러면서 몸을 조금씩 이동시켰다.

이제 거의 다 왔다. 반대편 땅과 그녀의 거리는 3미터도 되지 않았다. 닐라는 젖 먹던 힘까지 쥐어 짜냈다. 그녀는 서두르고 싶었다. 발끝이 땅에 닿을락 말락 했다. 닐라는 틈 사이에 그녀의 발을 지탱하고 힘껏 밀었다. 그녀의 몸이 공중으로 떠오르자, 그녀는 중심을 잃었다. 닐라는 땅에 부딪히며 통나무에서 떨어졌다. 그녀는 떨리는 팔로 힘겹게 몸을 들어 올리며 거친 숨을 내쉬었다. 그녀가 뒤를 돌아보았다.
"건넜어. 내가 이 낭떠러지를 건넜다고!"
 닐라는 대자로 누웠다. 하늘이 더욱 아름답게 보였다. 새들의 노랫소리가 들렸다. 닐라는 호흡을 가다듬었다. 그리고 허탈하게 웃었다. 그녀는 자신이 어떻게 저 통나무를 건넜는지 의문이 들었다. 어디서 그런 용기가 나온 걸까?
 그녀는 손을 바닥에 집고 자리에서 일어났다. 그리고 물소리를 따라가기 위해서 귀를 기울였다. 물이 흐르는 소리가 가까이서 들렸다. 바로 앞에 있는 것처럼 큰 소리였다. 닐라의 걸음이 빨라졌다. 그녀는 숲에 있는 나무 사이를 달렸다. 바람을 스쳐서 달렸다. 닐라는 개구리처럼 뛰었다. 기분이 좋았다.
 그녀는 큰 바위 위로 올라갔다. 그곳이라면 강이 보일지도 모른다. 닐라는 자신의 두 눈을 믿을 수 없었다. 자갈을 따라서 내려가는 곳에 강이 있었다. 맑은 물을 가진 강이었다. 숲과 강이 어우러져 아름다운 자연을 만들었다. 닐라는 미끄러지듯이 바위 아래로 내려갔다.
 자갈들은 그녀의 중심을 잡아주지 못했다. 닐라는 넘어질 뻔했지만, 멈추지 않고 뛰었다. 강이 바로 눈앞에 있었다. 물결이 거세게 흐르다가 바위에 부딪혔다. 물은 맑았지만, 아주 깊어 보였다. 새들은 얕은 물가에서 목을 축였다. 새들은 배를 물에 잠기게 하고 날개를 퍼덕이며 깃털에 물을 묻혔다.
 닐라는 작은 바위에 걸터앉아 강에 발을 담갔다. 시원한 물결이 발에 닿자 온몸에 전율이 흘렀다. 시원한 물이 쥐가 날 것 같은 발의 통증을 없애주었다.

"와, 이대로 누워있고 싶다."

닐라는 쉬고 싶다는 욕망을 누르며 힘겹게 일어났다. 강이 흐르는 방향의 반대 방향으로 이동했다. 물이 거세게 흐르는 소리 때문에 주변의 소리가 잘 들리지 않았다. 닐라는 강에서 조금 떨어졌다. 그녀는 풀숲으로 들어가 걸었다. 풀냄새가 좋았다.

그녀는 강을 따라 걸었다. 강물을 타고 헤엄치는 물고기들이 보였다. 물고기가 되면 어떨까. 물과 하나가 되는 삶은 어떨까.

닐라는 주변을 살폈다. 아름다운 풍경이 눈에 들어왔다. 닐라는 힘을 내서 걸음을 옮겼다.

이 일은 언제 끝나게 될까. 가넷은 이 일이 끝나면 자신이 사라진다고 했다. 가넷의 거처도 사라진다. 그 이야기를 해 준 이유가 무엇이었을까. 곧 그녀의 임무는 끝이 나려는 걸까. 이 일이 끝난 후 그녀는 무엇을 해야 할까.

닐라는 바닥을 보았다. 개미들이 자신보다 큰 크기의 먹이를 들고 바삐 움직였다. 닐라는 그들의 모습을 인상 깊게 살펴보았다. 함께 힘을 합치다니. 개미는 공동체 생활을 능숙하게 해내는 생물 중 하나였다. 인간과 비슷했다.

그녀는 개미가 그녀의 발에 밟히지 않도록 바닥을 주의 깊게 보며 걸었다. 다행히 그녀는 개미를 밟지 않았다.

닐라는 달렸다. 그냥 달리고 싶었다. 바람이 머리카락 사이로 들어오는 느낌이 좋았다. 시원했다. 평상시에는 느낄 수 없는 감정이었다. 닐라는 이 일을 하며 다양한 감정을 느꼈다. 슬픔. 행복. 사랑. 사람들의 정까지. 그녀가 일상생활을 하며 드물게 느끼던 감정이었다. 반복되는 일상에 지쳐있었다. 이 경험은 그녀의 일상에 폭죽을 터뜨렸다.

상쾌한 바람이 그녀의 코끝에 맴돌았다. 닐라는 강 상류에 다다랐다.

"이곳이라면 말레이호랑이가 있겠지."

닐라는 강을 뒤로 한 채 숲속으로 들어갔다. 그녀의 귓등 너머로 물이 흐르는 소리가 들렸다. 닐라는 주위를 둘러보았다. 그녀가 녀석의 표적이 되지 않길 바라면서.

고요했다. 호랑이의 사냥감이 될 동물도 보이지 않았다. 닐라는 그곳에 앉아서 기다리기로 했다. 그녀는 풀숲에 몸을 웅크리고 숨었다. 그녀보다 큰 풀들이 그녀의 모습을 가려줄 거라 믿었다. 닐라는 몸을 숙이고 입을 다물었다. 기다림이 시작되었다.

닐라는 거의 1시간 이상을 그 자리에 가만히 앉아있었다. 허리가 쑤시고 다리는 쥐가 났다. 닐라는 손으로 허리를 짚고 하늘을 올려다보았다. 새들이 떼를 지어서 날았다.

그녀가 나무 사이를 보았다. 갈색 털을 가진 사슴이 겁에 질린 눈으로 뛰고 있었다. 닐라는 인상을 쓰고 사슴의 움직임을 자세히 관찰했다. 사슴의 근육은 긴장을 하고 있었고 귀를 쫑긋거렸다. 더구나 녀석은 혼자였다. 무리에서 떨어진 듯 보였다. 닐라는 몸을 앞으로 더 숙였다. 뒤이어 독특한 줄무늬를 가진 생물이 나타났다. 커다란 앞발로 땅을 헤집어 놓으며 달렸다. 주황색 털과 검은 줄무늬가 돋보였다.

말레이호랑이.

작은 종이라 했어도, 그녀는 거뜬히 잡아먹을 수 있어 보였다. 어린 수컷이었다.

녀석은 사슴의 복슬복슬한 엉덩이에 긴 발톱을 박았다. 사슴은 호랑이의 무게에 짓눌려 땅에 머리를 박으며 넘어졌다. 사슴의 울부짖음이 그녀에게 들렸다. 닐라는 할 수 있는 것이 없었다. 그것은 자연의 섭리였다. 호랑이는 이빨을 사냥감의 목에 박아 넣었다. 사슴의 목이 부러지는 소리가 고요한 숲에 울렸다. 소름 돋는 소리였다. 사슴의 반짝이던 눈은 생기를 잃고 멍해졌다. 발버둥 치던 다리가 축 처졌다. 호랑이는 사슴의 배를 물어 뜯었다. 녀석의 입가에 난 하얀 털이 물감을 바른 듯이 붉게 물들었다. 녀석의 눈이 맹렬하게 빛났다. 살기가 느껴지는 눈이었다. 그 눈이 잠시 닐라에게 머물렀다. 닐라는 손이 떨렸다. 하지만 호랑이는 다시 먹이에 집중했다.

그녀는 손끝 하나도 까딱하지 않았다. 말레이호랑이가 그녀의 소리를 들으면 그녀는 죽은 목숨이었다. 닐라는 녀석의 속도를 이길 수 없으니 달리기도 전에 잡힐 것이다.

호랑이는 배가 다 찼는지 사슴의 축 늘어진 목을 가볍게 물고 들어 올렸다. 호랑이가 이동할 때마다 사슴의 몸이 바닥에 질질

끌렸다. 닐라는 그 모습을 보기 힘들었다. 사슴의 멍한 눈이라도 감겨주고 싶었다.

그때였다. 철컹거리는 소리와 함께 호랑이의 몸이 떨렸다. 말레이호랑이가 콧등에 주름이 생기도록 입을 벌려 하악 거리며 위협했다. 호랑이의 앞에는 아무것도 없었다. 닐라는 녀석의 몸을 살펴보았다. 회색 물체가 호랑이의 발목에 걸려있었다.

"덫이야."

닐라가 그녀 자신에게도 들리지 않을 정도로 작게 중얼거렸다.

인간이 여기까지 와서 덫을 두었다는 소리였다. 이 깊은 숲속에 인간이 덫을 두었다니. 불법으로 덫을 두었을 것이다. 이곳이 말레이호랑이의 서식지란 걸 알 텐데. 무엇을 잡으려고 이곳까지 올라와 덫을 둔 것일까. 그 사냥꾼의 목적은 무엇일까. 말레이호랑이였을까.

호랑이는 급기야 자신의 발을 때리는 행동까지 했다. 호랑이는 계속 발버둥 쳤다. 아마 힘이 다 빠질 때까지 저러고 있을 거다. 닐라는 말레이호랑이를 구할 방법이 떠오르지 않았다. 그가 다쳤다 하더라도 맹수였다. 손을 휘두르기만 해도 그녀의 갈비뼈가 부러질 거다.

호랑이는 계속해서 발버둥 쳤다. 녀석은 이제 죽어있는 사슴에는 신경을 쓰지 않는 듯 보였다. 오직 덫에서 빠져나올 생각만 하는 듯.

닐라는 바닥을 기어서 호랑이 근처 풀숲으로 들어갔다.

말레이호랑이는 혀를 길게 늘어뜨리고 가쁜 숨을 내쉬었다. 녀석의 허리가 미세하게 들썩였다.

그녀는 호랑이를 덫에서 구할 방법을 궁리했다. 마취총이 있으면 일이 훨씬 수월해지겠지만, 그녀는 그런 것을 가지고 있지 않았다. 닐라는 머리를 손으로 감쌌다. 고통받는 호랑이를 눈앞에 두고 할 수 있는 것이 없는 자신에게 화가 났다.

호랑이는 힘이 죄다 빠졌는지 몸을 옆으로 누였다. 말레이호랑이는 정면만 응시했다.

그녀가 가지고 있는 것은 칼뿐이었다. 하지만 그녀의 작은 칼로는 덫을 자르기에 어려움이 있었다.

"제기랄. 내가 할 수 있는 게 아무것도 없는 거야?"

닐라는 그녀에게만 들리도록 중얼거렸다.

그녀는 아무 생각 없이 자리에서 일어났다. 그녀가 일어나면서 주위의 풀들이 소리를 냈다.

그러자 말레이호랑이가 고개를 들어 그녀를 매섭게 응시했다. 호랑이의 눈은 사납고 용맹했다. 하지만 그 속에 두려움이 깃들어 있는 것을 닐라는 알아차릴 수 있었다.

호랑이는 혼자의 힘으로는 절대 덫을 벗어날 수 없을 것이다.

닐라의 몸이 떨리지 않았다. 그녀는 왜인지 모를 용기가 생겨났다. 그녀는 말레이호랑이에게 천천히 다가갔다. 그녀가 다가오자, 녀석은 몸의 근육을 긴장시켰다. 닐라가 한 발자국이라도 더 움직인다면 앞발로 땅을 밀며 그녀에게 튀어 오를 것만 같았다.

닐라가 한 손을 길게 뻗고 손바닥을 호랑이에게 보여주었다. 그리고 아기를 다루듯이 다정하게 속삭였다.

"괜찮아. 난 널 해치지 않을 거야."

호랑이는 그녀를 덫을 놓은 사냥꾼으로 아는 것 같았다. 이빨을 드러내고 그녀를 보며 위협했다. 녀석이 하악거렸다. 녀석의 콧잔등에 짙은 주름이 생겼다. 말레이호랑이는 긴 발톱을 땅속에 박아 넣었다.

닐라는 조금 더 다가갔다. 그녀는 속으로 빌었다. 움직이지 말아 달라고.

호랑이는 앞발로 땅을 내리쳤다. 더는 다가오지 말라는 신호였다. 닐라는 그 신호를 무시했다. 호랑이와 그녀 사이의 거리는 아주 가까웠다. 녀석이 마음만 먹으면 그녀를 뭉개버릴 수 있는 거리였다. 하지만 호랑이는 하악거리기만 했다. 그녀를 죽일 생각은 없어 보였다.

그녀의 손바닥이 말레이호랑이의 코에 닿았다. 호랑이는 뒤로 물러났다. 닐라가 손을 든 채로 바닥에 한쪽 무릎을 꿇고 앉았다.

사슬에 연결된 사냥용 덫이었다. 날카로운 이빨 같은 덫이 호랑이의 가죽을 뚫고 파고들어 있었다. 녀석의 털이 붉게 물들었다.

닐라는 고개를 들어 녀석의 얼굴을 바라보았다. 아직 그녀를 믿지는 못하는 눈치였다. 하지만 그녀에게 도움을 요청하고 있었다. 닐라는 한 발로 덫의 아랫부분을 밟아 고정시켰다. 그리고 손으로 덫의 윗부분을 움켜잡고 들어 올렸다. 덫을 열기란 쉽지 않았다. 호랑이의 발이 덫을 닫히게 하는 부분을 밟고 있었기 때문에 닐라는 그 힘을 이겨내고 열어야 했다. 덫이 흔들리자, 호랑이가 고통스러운지 꼬리를 휘둘렀다. 그녀는 호랑이를 다시 올려다보았다. 말레이호랑이의 노란 눈이 이글거렸다. 닐라는 숨을 크게 들이마셨다. 빨리 끝내야 했다.

닐라는 다시 덫의 윗부분을 들어 올렸다. 덫이 살짝 벌려졌다. 닐라는 몸을 뒤로 기울여 그녀 자신의 무게를 실었다. 그녀의 손이 부들거렸다. 덫은 호랑이가 힘을 내면 빠져나올 수 있을 만큼 열렸다. 호랑이는 그저 가만히 있었다. 닐라는 다시 숨을 들이마시고 덫을 당겼다. 덫이 떨리는 건지 그녀의 손이 떨리는 건지 알 수 없었다. 닐라는 거의 바닥에 눕듯이 몸을 뒤로 젖혔다. 덫이 열리자, 호랑이가 발을 빼며 펄쩍 뛰었다. 말레이호랑이는 그 자리에 앉아서 덫에 걸렸던 앞발을 핥았다.

닐라는 웃음을 지으며 뒷걸음쳤다.

호랑이는 그녀를 똑바로 바라보았다. 호랑이의 눈이 반짝였다. 그녀를 바라보던 호랑이는 등을 돌려 숲속으로 걸어 들어갔다.

닐라는 호랑이가 가는 모습을 지켜보다가 덫을 주웠다. 이 덫은 그녀가 가져갈 것이다.

더 이상의 생명이 다치지 않도록.

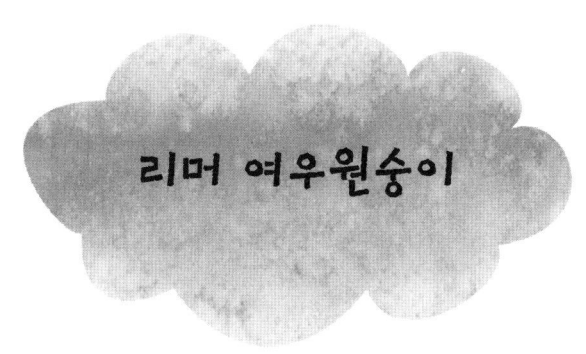

리머 여우원숭이

가넷이 덫을 들고 온 그녀에게 꼬리를 살랑이며 다가갔다.
닐라는 덫을 바닥에 떨구었다. 덫이 시끄러운 소리를 내며 바닥에 나뒹굴었다. 덫에 묻어있던 호랑이의 혈액이 바닥에 튀었다.
"덫을 그냥 두고 오는 것보다 가져오는 게 좋을 것 같아서."
가넷이 귀 끝을 움찔거렸다.
"좋은 생각이었어요."
가넷이 발로 덫을 밀어 버렸다.
닐라가 그녀에게 물었다.
"호랑이가 날 공격하지 않았어. 왜 그런 거지?"
가넷이 식탁 위로 뛰어 올랐다.

"당신을 믿었나 봐요."

닐라는 인상을 썼다.

"하지만 그 호랑이는 야생동물이잖아."

가넷이 중얼거리듯 말했다.

"그건 나도 모르겠어요."

닐라는 그저 고개를 끄덕였다. 가넷으로부터 통쾌한 답을 듣지는 못했지만, 어쩔 수 없었다.

붉은 눈을 가진 고양이는 자리에 앉아 꼬리로 바닥을 탁탁 쳤다. 그녀도 말레이호랑이가 닐라에게 호의를 가진 이유를 알고 싶어 하는 듯했다.

가넷이 귀를 쫑긋하더니 책상 아래로 뛰어내렸다. 그러곤 구석으로 달려갔다.

닐라는 가넷이 어디론가 달려간 이유가 궁금해서 목이 빠지도록 길게 빼고 그녀를 바라보았다.

물건이 떨어지는 소리가 들렸다. 닐라는 놀라서 고개를 휙 들었다. 가넷이 그녀에게로 뛰어왔다. 가넷의 입에는 붉은 털실이 물려있었다. 거의 완벽한 구를 이루는 털실 뭉치였다. 가넷은 식탁으로 다시 뛰어올라 고개를 숙이고 물어온 털실을 그녀의 앞에 떨구었다.

"이게 뭐야?"

닐라는 털실 뭉치를 들어 올리며 물었다.

가넷이 꼬리를 휙 튕기고 가르랑거렸다.

"선물이에요. 내가 항상 가지고 있던 물건이죠."

닐라가 가넷의 물은 눈을 바라보았다. 슬픔과 기쁨이 공존하는 오묘한 눈빛이었다.

"항상 옆에 두던 거라면 무척 소중한 물건 아니야? 이걸 왜……."

가넷이 그녀의 손에 들린 털실을 보다가 닐라에게 눈을 돌렸다.

"내게 소중한 거니까. 그러니까 닐라에게 드리는 겁니다. 전 이제 곧 떠나니까요. 당신이 내 물건을 가지고 있어 주었으면 해요."

곧 떠난다고? 이 임무의 끝이 다가오는 것일까.

닐라는 가넷의 눈을 피하지 않고 똑바로 쳐다보았다. 가넷도 그녀의 눈을 피하지 않았다. 대신 무언가를 말해주고 있었다. 그녀가 닐라에게 준 털실 뭉치가 아주 뜻깊고 소중한 물건임을.

닐라가 먼저 입을 열었다.

"좋아. 네 물건을 잘 간직할게."

가넷의 눈이 달 아래에 있는 것처럼 반짝였다.

"이번에 당신이 만날 녀석은 리머 여우원숭이[Ring-Tailed Lemur/학명: Lemur Catta]입니다. 마다가스카르 여우원숭이 중에 대표적인 여우원숭이죠. 알고 있는 동물이죠?"

닐라는 고개를 끄덕였다. 그 여우원숭이의 모습이 꽤 특이하여 기억하고 있었다.

"이제……. 떠날까요?"

닐라가 털실 뭉치를 그녀의 가방에 넣으면서 고개를 끄덕여 동의했다.

바람이다. 이번 바람은 행복함이 느껴졌다. 닐라는 편하게 몸을 맡겼다. 소용돌이로 변한 바람은 닐라의 금발 머리칼 사이를 돌아다녔다. 그녀의 금발이 신비하게 빛났다.

그녀는 마다가스카르에 있는 어느 보호소 앞이었다. 마다가스카르 여우원숭이 보호소. 닐라는 그곳 문 앞에 있는 사람들에게 다가갔다.

세 명의 사람들이 그들에게 다가오는 닐라를 보고 먼저 인사를 건넸다. 닐라는 이 임무를 하면서 자신이 먼저 인사를 받아보기는 처음이어서 약간 놀랐다.

흑인 여성 두 명에 백인 남성 한 명이었다.

남성이 악수를 건넸다. 그는 건장한 체격을 가지고 있었고 갈색 눈과 머리칼을 가졌다.

"음, 안녕하세요? 전 제이크 이슨[Jake Eason]입니다."

닐라는 그의 악수를 받으며 자신을 소개했다.

"반가워요. 난 닐라 비비안입니다."

머리카락을 하나로 올려 묶은 여성이 그녀의 앞으로 걸어오며 말했다.

"난 오드리 스콧[Audrey Scott]이에요."

머리를 다 밀어 놓은 여성이 그녀에게 악수를 건네자 닐라는 그녀의 손을 잡았다.

"비비안이라 했죠? 난 샌디 룬 미칼[Sandy Run Mikal]입니다.

우린 각자 다른 나라에서 왔어요. 마다가스카르 여우원숭이를 보호하는 활동을 하기 위해서라는 같은 목적을 가지고 왔죠. 특히 리머 여우원숭이요. 당신도 그런 목적으로 우릴 찾으러 온 건가요?"

닐라가 대답했다.

"맞아요. 나도 그 여우원숭이가 사라지는 걸 원하지 않아요. 그래서 왔어요."

미칼이 환하게 웃었다.

"우리랑 가고 싶은 거죠?"

닐라는 고갤 끄덕였다.

"맞아요. 그래도 될까요?"

미칼의 옆에 있던 이슨이 말을 이었다.

"안 될 게 있나요. 같이 가죠."

스콧이 작고 검은 트럭에 올라타며 손을 흔들었다.

"어서 와요! 녀석들이 서식지로 가야죠!"

닐라는 미칼에게 이끌리듯 따라갔다.

트럭에 올라탄 그녀는 안전벨트를 빠르게 몸에 둘렀다. 안전벨트가 그녀의 몸을 단단하게 잡아주었다.

트럭이 우렁찬 굉음을 내며 앞으로 나아갔다. 트럭이 거세게 흔들렸다. 그들은 평평한 길을 두고 사람의 발길이 거의 닿지 않은 길로 들어갔다.

닐라는 트럭 문 쪽에 있는 손잡이를 잡았다. 몸이 너무 흔들려서 어딘가에 부딪히지 않으려면 무언가라도 잡아야 할 것 같았다.

미칼은 운전을 하면서 뒤를 돌아 그녀를 바라보고 웃음을 지었다.

"힘든가요?"

닐라는 손잡이를 손으로 움켜잡고 미세하게 웃으며 대답했다.

"이런 트럭은 타본 적이……. 드물어서요."

미칼이 호탕하게 웃었다.

"처음에 안 그런 사람은 없어요. 저희도 다 그랬죠."

닐라는 킥킥거렸다.

이슨이 미칼의 옆자리에서 창밖을 바라보며 말했다.

"이제 숲이네요. 길이 더 험해지겠어요."

닐라는 인상을 썼다. 멀미가 안 나길 바랄 수밖에.

스콧이 그녀의 표정을 보고 그녀의 옷 주머니 속을 뒤적였다. 그리고 껌을 닐라에게 건네주었다. 닐라는 스콧을 한번 바라보고 껌을 받았다.

"오, 고마워요."

"별말씀을."

닐라는 그녀가 준 껌의 봉지를 까서 쓰레기는 주머니 속에 넣고 껌을 입에 넣었다. 박하 향이 났다. 그녀는 질긴 껌을 씹으며 창밖을 멀리 바라보았다. 먼 곳을 바라보면 속이 울렁거리는 것이 조금은 줄어든다는 말을 어디선가 들어본 것 같았다.

초록 잎들이 창문에 부딪혔다. 초록 잎들을 지난 후, 아름다운 호숫가가 보였다. 짙은 회색빛 물고기들이 물속을 유유히 유영했다.

물속의 생물체에 대해 생각하니 문득 바키타 생각이 났다. 그리고 그 생각은 카일에 대한 그리움으로 변했다. 다시 그를 만날 수 있을까. 그와 함께 수영할 수 있을까. 닐라는 멀어져 가는 호수를 지긋이 바라보았다.

그녀의 표정을 보고 의문을 품던 스콧이 물었다.

"그리운 사람이 있나 봐요? 부모님인가? 아니면 남자?"

닐라가 손으로 입을 가리고 피식 웃었다.

"남자요. 단 한 번 만난 사람이죠. 하지만……. 그와 함께했던 추억이 생각나네요."

스콧이 다정하게 말했다.

"첫눈에 사랑에 빠졌나 봐요. 맞죠?"

닐라는 스콧의 반짝이는 푸른 눈을 바라보며 대답했다.

"그런 것 같네요."

그녀의 눈가가 촉촉했다. 닐라는 조용히 눈물을 훔쳤다. 그리고 옅게 웃음을 지었다. 그녀는 가넷과 다른 생명들을 돕기로 약속했다. 그녀는 그들을 도우며 행복을 느꼈다. 지금도 그랬다.

스콧이 그녀의 어깨를 가볍게 쳤다.

"내 이야기도 해줄까요? 재밌는 사연이 있는데."

닐라는 그녀의 말에 흥미를 느끼고 고개를 끄덕거렸다.

"3년을 함께한 사람이 있었어요. 난 그가 정말 좋은 사람이라고 생각했죠. 날 사랑해 주었으니까요. 말투도 다정했고 행동도 과격하지 않았어요. 하시만 그건 내 착각이었던 것 같아요. 항상 그는 나의 눈을 보고 있지 않았어요. 그는 내 머리카락만 보고 있었죠. 나의 머리를 다정히 쓰다듬을 때도요. 난 처음에 그 사실을 인지하지 못했어요. 내 눈에 뭐가 꼈었나 봐요. 그는 저를 사랑한 게 아니라, 내 머리카락을 사랑했던 거였어요! 난 그 사실을 깨닫고 곧바로 이별을 통보했죠. 그리고 집에 와서 홧김에 머리를 다 밀어버렸어요. 하지만, 이게 웬걸. 머리카락이 없어도 여전히 아름답더군요. 음, 머리카락이 없는 게 더 나았죠. 그 후로 난 머리를 항상 밀어요. 지금처럼요."

그녀는 자신의 민머리를 손으로 만졌다.

닐라가 그녀의 말에 믿을 수 없다는 듯이 웃었다. 그러자 그들의 대화를 듣고 있던 이슨이 고개를 저으며 장난스럽게 말했다.

"정말이에요, 비비안. 스콧은 그 이야기를 다른 사람들한테도 떠들어대죠."

미칼이 그의 말을 거들었다.

"맞아요. 우리도 한 번 이상은 들었어요. 난 열 번은 넘게 들은 것 같아요."

닐라가 웃으며 고개를 끄덕였다.

"정말이라니. 믿기 어렵지만, 다들 그렇게 말하니 믿을 수밖에 없네요."

트럭이 덜컹거리자, 닐라의 엉덩이가 의자에서 들렸다. 그녀는 다시 손잡이를 한 손으로 꽉 잡았다. 손에 땀이 났다.

창밖 풍경이 마음에 들었다. 옆에 있는 숲속이 눈에 들어왔다. 초록색 잎들이 이슬을 머금고 빛났다. 작은 벌레들이 나뭇잎 밑에 달라붙어 있었다. 검은깨처럼 달라붙어 있는 것이 조금 징그러웠다.

닐라가 고개가 빠질 듯이 창밖을 바라보고 있자, 미칼이 의미심장한 웃음을 지었다. 그녀는 팔 옆에 있는 작은 버튼을 손가락으로 꾸욱 눌렀다. 그러자 닐라가 있는 곳의 창문이 밑으로 내려가며 열렸다. 물기가 있는 잎들이 닐라의 얼굴에 스쳤다.

"아앗!"

닐라는 놀라서 몸을 뒤로 빼고 소매로 얼굴에 묻은 물기를 닦아냈다. 그녀는 눈을 깜박이며 차 안에 있는 사람들을 둘러보았다. 그러자 미칼이 스르륵 고개를 돌렸다. 닐라는 눈을 가늘게 뜨고 그녀를 바라보았다. 그녀가 범인인 것 같다는 생각이 언뜻 머리에 스쳤다.

"흐음……? 누굴까요? 미칼?"

미칼이 다시 그녀에게 고개를 돌렸다. 미칼이 그녀의 눈을 다정하게 바라보았다.

"어머, 제가 버튼을 잘못 눌렀나 봐요. 이를 어쩌죠?"

닐라가 인상을 썼다.

"이따가 조심하세요. 어디 웅덩이에 빠질지도 모르니."

둘의 대화를 듣던 스콧이 입을 가리고 킥킥거렸다. 그러자 미칼과 닐라가 동시에 고개를 돌리고 외쳤다.

"지금 웃었어요?"

이슨이 몸을 움찔거렸다.

"시끄러워 죽겠네요."

미칼이 고개를 저으며 장난스럽게 말했다.

"진짜로 죽지도 않으면서. 뭐가 시끄럽다는 건지 모르겠네요. 안 그런가요, 비비안?"

닐라가 격하게 고개를 끄덕였다.

그러자 이슨이 뒤를 돌아보며 말했다.

"조용히 안 하면 트럭에서 내리게 될 줄 알아요."

그의 말은 섬뜩했지만, 말투는 그렇지 않았다.

닐라가 조용히 웃었다.

그때였다. 트럭이 심하게 덜컹거리더니 멈춰 섰다. 사람들의 몸이 앞으로 쏠렸다.

미칼이 나지막하게 욕을 내뱉으며 트럭에서 내렸다. 그녀가 내리자 다른 이들도 따라 내렸다.

미칼은 트럭 앞바퀴를 보자마자 또다시 욕을 했다.

"제기랄. 운이 지지리도 없네."

닐라가 그녀에게 다가가며 물었다.

"왜 그래요? 무슨 문제라도?"

그러자 미칼이 트럭 앞바퀴를 발로 툭툭 찼다.

"바퀴에 돌이 박혔어요. 그래서 타이어 바람이 빠졌고요. 이대로는 갈 수 없어요. 망할 놈의 트럭 같으니."

이슨이 중얼거리듯 말했다.

"이를 어째……. 박힌 돌을 빼내더라도 타이어의 바람이 없어요. 바람을 넣을 기계는 이곳에 없으니."

닐라는 입을 삐죽 내밀고 생각했다.

트럭 타이어를 고치지 않는다면 그들은 이곳에 꼼짝없이 갇히고 말 것이다. 여우원숭이들이 있는 곳까지 걸어가야 할지도 모른다. 트럭을 타는 것은 멀미가 났지만, 걷는 것은 더더욱 싫었다.

스콧이 조용히 그녀의 옆을 지나갔다. 스콧의 손에는 파란 공구용 상자가 들려있었다. 그녀는 돌이 박혀있는 바퀴 옆에 한쪽 무릎을 꿇고 앉았다. 스콧이 펜치로 박혀있는 돌을 꽉 잡고 당겼다. 돌이 바닥으로 떨어져 나갔다. 작은 돌이었지만, 트럭 바퀴에는 꽤 큰 피해를 주었다.

스콧이 가만히 앉아 구멍 난 타이어를 바라보다가 머리를 긁적였다. 방법이 생각나지 않는 눈치였다. 그녀는 바퀴를 이리저리 살펴보았다. 스콧이 말했다.

"모르겠는걸."

이슨이 그녀의 옆으로 다가갔다.

"다음부터는 바람 넣는 기계를 가지고 다녀야겠네요."

그녀가 고개를 끄덕였다.

"트럭을 밀고 갈 수도 없고. 그렇다고 이곳에 두고 갈 수도 없는데. 어쩌면 좋지."

그가 차분하게 말했다.

닐라는 주변만 둘러보았다. 그녀가 도울 게 없는 걸까. 동물을 다루는데 재능은 있지만, 무언가를 고칠 수 있는 재능은 없었다. 고치기만 하면 더욱 망가져 버렸다.

닐라는 아무것도 하지 못한 채 쭈뼛거리며 그들 주위를 서성였다.

이슨이 깊은 한숨을 쉬었다. 미칼은 인상을 쓰고 트럭을 노려보았다. 그나마 평정심을 가지고 있는 사람은 스콧이었다. 그녀는 공구함을 뒤적거렸다. 스콧은 청 테이프를 한 손으로 들고 웃었다. 그걸 본 이슨이 인상을 썼다.

"설마 청 테이프로 구멍을 막으려는 건 아니죠?"

스콧이 어깨를 으쓱했다.

그는 손으로 이마를 짚으며 고개를 숙였다.

"신이시여."

닐라는 스콧에게 다가갔다.

"정말 그걸로 하려고요?"

스콧이 청 테이프를 이빨로 잘라내며 대답했다.

"그럼요. 이걸로 바퀴를 칭칭 감을 겁니다. 떨어지지 않도록 말이죠."

닐라가 멋쩍게 웃었다.

"그게 정말 가능할까요?"

스콧이 그녀의 두 눈을 바라보았다.

"해봐야죠."

그녀는 바퀴에 테이프를 감기 시작했다.

미칼이 그들 옆으로 다가와 스콧의 행동을 지켜보았다.

닐라는 걱정이 들었다. 바퀴가 굴러갈 때 테이프가 떼지지 않을까. 바람이 새어나가지 않을까.

바퀴에 청색 테이프가 덕지덕지 붙었다. 이것이 바퀴인지 테이프가 붙은 고물인지 알 수 없었다.

이슨이 얼굴을 찌푸리는 것이 보였다. 그는 이 테이프가 트럭의 무게를 버티지 못할 거라고 생각하는 듯했다.

하지만 테이프 한 개를 다 써버릴 정도로 많은 양의 청 테이프를 사용했다. 잘하면 그들의 목적지까지. 말레이시아 여우원숭이의 서식지까지는 버틸 수 있지 않을까.

스콧이 만족스럽게 웃음을 지었다.

"일단 가보죠."

미칼이 트럭에 올라탔다. 모든 이들이 트럭에 올라타자, 트럭은 굉음을 내며 시동이 켜졌다. 커다란 소리를 내며 부들부들 떨리던 작은 트럭은 바퀴를 빠르게 굴리며 앞으로 나아갔다. 트럭은 멈추지 않았다. 스콧이 붙인 청 테이프가 버텨주는 듯하였다.

그들은 인상을 풀고 웃음을 지었다. 스콧은 성공할 줄 알았다는 표정이었다.

닐라가 그녀에게 물었다.

"청 테이프를 사용할 생각은 어떻게 한 거예요? 난 그렇게 못 했을 텐데."

"그 테이프가 접착력이 생각보다 강하거든요. 여러 번 감아두었으니 버틸 수 있을 겁니다."

닐라는 웃었다. 그녀 같은 동료가 있어서 다행이었다.

트럭이 덜컹거렸다. 다시 속이 울렁거리기 시작했다. 닐라는 턱을 괴고 창밖을 보았다. 초록 식물들을 보니 마음이 안정되었다.

그녀는 여우원숭이의 모습을 머릿속에 떠올려 보았다. 긴 꼬리와 개구쟁이 같은 얼굴이 얼마나 매력적일까. 판다 같기도 할 것이다. 눈 주위에 검은 얼룩무늬가 있으니 말이다. 바키타 같기도 하겠지.

바키타를 생각하니 문득 카일의 얼굴이 떠올랐다. 다정한 얼굴. 오똑한 코. 각진 턱. 닐라의 머릿속에서 그의 모습이 지워지지 않았다. 닐라는 애써 그의 모습을 없애버렸다.

트럭은 멈추지 않고 계속해서 달렸다. 몸을 가누기가 힘들 정도로 트럭은 덜컹거렸다.

드디어 트럭이 멈췄다. 갑작스러운 트럭의 멈춤에 그녀의 몸이 앞으로 튀어 나갔다. 다행히 안전벨트가 그녀를 잡아주었지만.

그들은 트럭에서 내렸다. 상쾌한 공기를 맡으니 기분이 좋았다.

"녀석들이 있는 곳까지 가는 길을 알아요?"

그녀의 물음에 미칼이 대답했다.

"알고 있죠. 작년 여름에도 이곳에 왔어요. 아이들이 잘 있나 확인도 할 겸."

닐라가 미소를 지었다.

"그렇군요. 그럼 전 뒤에서 따라갈게요. 앞장서요."

미칼이 고개를 끄덕였다.

건조한 숲. 리머 여우원숭이들의 주요 서식지이다. 이들은 다양한 환경에 적응하고 살아가긴 하지만, 건조한 숲에서 가장 많이 발견되었다. 긴 건기와 낮은 강수량으로 여우원숭이들에게 아주 적합한 서식지이다.

미칼이 앞장섰다. 그녀는 제 집인 양 편한 걸음으로 나아갔다. 반면에 닐라는 기다란 나뭇가지를 피하느라 애썼다.

나무 위에 알린 잎들이 느리게 바닥으로 떨어졌다. 아주 천천히. 닐라는 떨어지는 나뭇잎을 손으로 잡았다. 생기를 잃은 듯한 모습이었다. 손으로 움켜쥐면 바스락거리며 부서질 듯한. 그녀는 나뭇잎을 돌려가며 관찰하다가 다시 바닥으로 떨어지도록 놓아버렸다. 토양을 위한 거름이 되거나 작은 생명들의 먹잇감, 또는 보금자리가 되겠지.

닐라는 스콧의 옆에서 걸었다. 스콧도 능숙하게 길을 헤쳐 나갔다. 그녀도 미칼과 이슨처럼 이곳 숲에 많이 와본 것 같았다. '그들은 이곳에 얼마나 와봤을까.' 하는 의문이 들었다.

이렇게 멸종 위기 동물들을 위해서 노력하는 사람들이 많이 있는데 그녀 자신이 선택된 것도 지금까지도 믿기지 않았다. 하지만 그녀는 이 일을 즐기고 있었다. 언제부터인지는 모르겠다.

닐라는 가벼운 발걸음으로 그들을 따라갔다. 잔가지가 그녀의 머리카락에 걸려도 마다하지 않았다. 그녀는 스콧의 옆에 주인을 따라가는 강아지마냥 옆에 붙어 걸었다.

"즐겁나 봐요."

"그럼요. 리머 여우원숭이를 야생에서 볼 수 있는 게 흔하지는 않잖아요."

스콧이 고개를 끄덕였다.

"여우원숭이들이 좀 개구쟁이라서 조심해야 할 거예요. 휴대전화나 안경 같은 것도 뺏어가니."

닐라가 웃으며 말했다.

"걱정 말아요. 뺏길 만한 물건은 없어요."

스콧이 바닥에 볼록하게 튀어나온 나무뿌리를 넘으며 말을 이었다.

"그 녀석이 보고 싶네요. 이번에 만날 수 있으면 좋겠어요."

닐라가 스콧과 걸음걸이를 맞추려 더 빠르게 걸으며 물었다.

"그 녀석이라뇨? 누군데요?"

"이제 3살 된 암컷 여우원숭이이요. 전에 이곳에 왔다가 굶주려 있길래 먹이를 줬거든요. 그러다가 그 녀석이 제게 마음의 문을 열어 주더군요. 이름도 있어요. 샬롯. 예쁜 이름이죠?"

닐라가 고개를 끄덕였다.

"당신이 보고 싶어 하는 그 리머 여우원숭이의 모습이 궁금하네요."

스콧이 해맑게 웃음을 지었다.

"곧 보게 될 거예요. 장담하죠."

그들은 길고 굵은 가지를 가진 나무들 아래를 지나갔다. 리머 여우원숭이라면 이런 곳을 좋아할 텐데, 그들의 검회색 털마저 보이지 않았다…….

닐라가 그들을 따라가다가 스콧에게 속삭였다.

"언제쯤 도착할까요?"

스콧이 빙그레 웃으며 말했다.

"비비안. 모르겠어요? 이미 도착했어요."

닐라가 어깨를 으쓱했다. 이미 도착했다고? 녀석들은 코빼기도 보이지 않는데?

그녀는 머리를 긁적이며 스콧과 다른 사람들을 바라보았다. 다들 그 자리에 가만히 멈추어 있었다.

그때였다. 그녀의 어깨 위로 뭉툭하고 긴 무언가가 떨어졌다. 닐라는 소리를 지르며 펄쩍 뛰었다. 뱀인가?

미칼이 소리 내어 웃었다.

닐라는 질끈 감았던 눈을 살며시 떴다.

"응?"

그녀의 어깨 위에 있는 털복숭이. 검고 흰 털이 규칙적으로 자라있는 꼬리. 가면을 쓴 듯한 얼룩무늬와 짙은 호박색 눈까지.

스콧이 녀석에게 손을 뻗자, 리머 여우원숭이가 기다렸다는 듯이 그녀의 어깨 위로 뛰어 올라갔다.

"놀랐죠? 이 아이가 샬롯이에요. 저의 친구."

샬롯은 그녀의 어깨에서 닐라를 응시했다. 길게 뻗어있는 녀석의 꼬리가 살랑거렸다. 샬롯이 쫑긋 솟은 귀를 움찔거렸다.

미칼이 입을 열었다.

"이번에도 우리를 반겨주었네."

샬롯은 그녀의 어깨 위에서 그들을 빤히 바라볼 뿐 아무것도 하지 않았다.

닐라가 이슨에게 물었다.

"스콧만 녀석을 만질 수 있어요?"

그가 고개를 끄덕였다.

"맞아요. 스콧이 샬롯을 돌보았거든요. 그래도 이 정도면 나와 미칼에게도 많이 다가와 준 거예요. 전에는 우리가 다가오기만 하면 소리를 지르며 도망갔으니까요."

닐라가 작게 호응했다.

"혼자는 아닐 테고……. 다른 녀석들은 어딨죠?"

리머 여우원숭이는 무리를 지어 생활한다. 대략 무리의 규모는 20마리 이상. 서식지에 따라 달라지지만, 많을 경우 75마리까지 함께 생활하기도 한다. 이들의 우두머리는 암컷이다. 우두머리 암컷을 중심으로 복잡한 사회 구조를 가지고 있다.

스콧이 샬롯에게 작은 간식을 주며 말했다.

"흐음……. 고개를 들고 위를 보세요."

뱀 같은 것들이 나무 아래로 늘어져 있었다. 닐라는 인상을 쓰고 자세히 바라보았다. 그들은 리머 여우원숭이들이다. 꼬리가 뱀처럼 보였을 뿐이지만.

닐라는 옅은 미소를 지었다. 그들의 수는 대략 35마리는 되어 보였다. 누가 그들의 우두머리일까. 이들도 인간처럼 사회적 관계와 질서를 가지고 있다는 것이 신기했다.

미칼이 웃으며 말했다.

"비비안. 머리 조심해요. 자칫하면 녀석들의 배설물을 맞을 수도 있어요."

"그래야겠어요."

그녀는 나무뿌리 사이에 앉아있는 스콧을 발견하고 천천히 다가갔다. 샬롯이 놀라서 달아나지 않기를 바랄 뿐이었다. 닐라는 스콧의 옆에 앉아 나무에 몸을 기댔다.

"어, 비비안."

닐라가 청량하게 웃으며 그녀와 샬롯을 바라보았다. 샬롯은 여전히 스콧의 어깨 위에 앉아있었다.

스콧이 놀랍다는 표정을 지었다.

"샬롯이 도망가지 않네요."

닐라는 머리를 긁적였다. 야생동물이 그녀를 피하지 않았던 일이 한 번 있었다. 말레이호랑이의 덫을 풀어줄 때, 녀석은 그녀를 공격하지 않았다. 고개만 들어도 녀석과 그녀의 코가 닿을 정도의 거리였는데도 녀석은 그저 닐라를 바라보기만 했다. 가넷도 말레이호랑이가 그녀를 공격하지 않고 믿어준 이유를 알지 못했다. 이번에도 샬롯, 리머 여우원숭이도 그녀를 믿는 걸까?

닐라는 샬롯의 호박색 눈을 바라보았다. 호박으로 만들어진 보석 같았다. 녀석의 눈이 반짝였다.

스콧이 닐라를 바라보며 말했다.

"손을 뻗어볼래요?"

닐라가 그녀를 빤히 쳐다보았다.

"손을요? 샬롯이 도망가지 않을까요?"

스콧이 고개를 저었다.

닐라는 천천히 녀석에게 손을 뻗었다.

샬롯은 그녀의 손이 움직이는 걸 바라보며 몸을 낮추고 그녀의 냄새를 맡았다. 녀석은 다시 고개를 들어 닐라의 눈을 바라보았다. 녀석이 말하고자 하는 게 있는 걸까.

샬롯은 그녀의 눈을 응시한 채 닐라의 어깨 위로 뛰어왔다. 닐라는 녀석의 발톱이 어깨를 잡자 움찔거렸다. 샬롯은 그녀의 어깨에서 그녀의 다리 위로 내려왔다. 녀석은 닐라의 무릎에 앉아 털을 골랐다. 하얀 털로 뒤덮여 있는 귀가 움찔거렸다.

닐라는 스콧을 바라보았다.

"샬롯이 당신이 마음에 들었나 봐요."

닐라가 녀석의 이마를 조심스럽게 쓰다듬었다. 여우원숭이는 잠시 그녀를 바라보았지만, 다시 털을 고르기 시작했다. 녀석이 그녀의 손길을 받아주니 기분이 좋았다.

다른 리머 여우원숭이를 관찰하던 미칼과 이슨이 그녀를 보더니 놀란 표정을 지었다.

이슨이 조용히 물었다.

"놀랍네요. 어떻게 한 거죠?"

닐라가 녀석을 따스한 눈길로 바라보며 대답했다.

"그건…… 나도 모르겠어요."

그의 옆에 있던 미칼이 피식 웃었다.

"샬롯은 스콧에게만 마음을 열었는데 이젠 한 명 더 늘겠군요. 그렇죠, 스콧?"

그녀가 대답했다.

"그러게요. 저도 신기하네요."

스콧이 샬롯을 보며 방긋 웃었다.

닐라는 녀석의 얼굴을 바라보았다. 크고 검은 코가 매력적이었다. 여우원숭이가 혀를 낼름거렸다.

닐라는 여우원숭이의 엉덩이를 손으로 툭툭 건드려서 스콧에게 가라는 신호를 보냈다. 이대로 계속 앉아있을 수는 없었다.

샬롯이 그녀를 힐끔 보더니 다시 스콧의 어깨로 뛰었다. 스콧이 녀석의 무게를 이기지 못하고 등을 나무에 부딪혔다. 그녀는 샬롯을 곁눈질로 보여 옅게 웃음을 지었다.

닐라는 그녀를 보며 살짝 웃은 뒤, 엉덩이에 묻은 흙을 털며 자리에서 일어났다. 그녀도 쉬고만 있을 수는 없다. 이제 미칼과 이슨을 도와야지.

닐라는 미칼에게 다가갔다. 그녀는 고개를 뻣뻣이 들고 나뭇가지를 건너다니는 리머 여우원숭이들을 관찰하고 있었다. 여우원숭이들은 시로의 회색 털을 골라주거나 나무껍질 사이에 있는 곤충들을 사냥하고 있다.

"미칼. 뭐 해요?"

미칼이 그녀의 연녹색 눈을 바라보며 대답하였다.

"리머 여우원숭이들이 무엇을 하는지 관찰하고 기록 중이었어요. 같이 할래요? 이 아이들의 생활 모습을 보면 웃음이 나와요. 재밌거든요."

닐라가 그녀에게 메모지와 검은 잉크가 든 펜을 건네받으며 고개를 끄덕였다. 그녀도 기록하는 것을 좋아하니까.

흑인 여성이 웃으며 말했다.

"저기 암컷 여우원숭이 보여요? 저 녀석이 이들의 우두머리예요. 멋지지 않나요? 생각보다 젊어 보이는 암컷이네요."

닐라가 우두머리 암컷을 바라보았다.

"몇 살 정도인데요?"

"7살이요. 보통 이들의 우두머리는 경험이 풍부한 암컷들이 차지해요. 음, 평균적으로 8살에서 12살 정도 된 암컷들이 대부분이죠."

닐라가 우두머리 주위에 있는 다른 암컷들을 바라보며 말했다.

"저 우두머리보다 나이가 많은 녀석들도 있는 것 같은데요. 무슨 특별한 이유가 있었을까요?"

"저 녀석이 무리를 이끄는 능력이 더 좋거나 지능이 높을지도 모르겠네요."

닐라는 소리 내어 대답하는 대신 고개를 끄덕였다.

우두머리는 다른 여우원숭이들의 존경을 받고 있는 것처럼 보였다. 그 암컷의 곁에는 많은 동료들이 있었다.

그때, 닐라의 눈에 무언가 들어왔다. 새끼를 품에 안고 있는 어미 여우원숭이. 그녀는 미칼을 어깨로 살짝 쳤다.

"왜요?"

닐라가 그녀의 손목을 잡고 걸음을 옮겼다. 어미와 새끼가 더 잘 보이는 곳으로.

"저기 좀 봐요. 새끼를 품은 어미 리머 여우원숭이예요."

닐라는 그녀의 손목을 놓아주었다.

미칼이 그들을 바라보며 말했다.

"여우원숭이는 모성애가 아주 강하죠. 그렇죠?"

맞다. 여우원숭이들은 모성애가 매우 강한 종이었다. 새끼를 항상 곁에 두고 돌보며, 그들의 새끼가 자립할 때까지 밀착하여 보호한다. 그들은 서로 강한 유대감을 형성하고 먹이를 주거나 위험으로부터 보호하고, 놀아주기까지 적극적으로 돌본다.

닐라는 고개를 격하게 끄덕였다.

"저 새끼는 태어난 지 4달은 되어 보이죠?"

그녀의 말에 미칼이 동의했다.

"아마 몇 달은 더 있을 것 같아요. 어미의 모성애가 보통은 아니니까. 가장 모성애가 강한 녀석은 한 해가 될 때까지 함께였대요. 그리고 가장 모성애가 약한 녀석은 3개월만 품고 자립시켰다나."

3달이라면 정말 짧은 기간이었다. 새끼가 이제 막 자란 듯한 모습. 그녀는 미칼의 말을 듣고 놀랐다.

닐라는 그들의 모습을 메모지에 끄적였다. 대충 윤곽을 잡고 녀석들의 모습을 종이 위에 그려 넣었다. 어미가 새끼를 품에 안은 모습. 닐라는 그들을 그리자 기분이 좋았다.

"뭐 하는 거예요, 비비안?"

미칼의 질문에 닐라가 대답했다.

"그림 그려요."

미칼이 그녀에게 더 가까이 다가오며 말했다.

"놀랍네요. 시간도 별로 안 걸린 것 같은데. 멋진 그림이에요. 녀석들의 모습이 뚜렷하게 보이네요."

"그렇게 말해주니 기분이 좋네요. 가질래요?"

닐라는 메모지를 그녀에게 건네주었다.

"제게 그 그림을 준다고요? 특별한 거 아닌가요?"

닐라는 고개를 젓고 상냥하게 말했다.

"다시 그리면 되죠. 그리고 이 그림, 당신에게 주고 싶어요, 미칼. 그냥 가져요."

그녀는 웃으며 그림을 받았다. 그리고 그 종이를 가지런히 접어 주머니에 넣었다.

나뭇가지가 심하게 흔들렸다. 여우원숭이들이 날카로운 울음소리를 토해내며 이 나무에서 건너편 나무로 이리저리 뛰어다녔다.

닐라와 미칼, 그리고 그들의 옆을 서성이던 이슨까지 동시에 고개를 들어 올려 위를 바라보았다.

그녀가 그렸던 어미와 새끼가 문제였다. 새끼는 어미의 품에서 떨어진 채 얇은 나뭇가지 하나는 돌멩이만 한 손으로 움켜잡고 버둥거렸다. 곧 있으면 아래로 추락할 것 같았다. 어미 여우원숭이는 아무것도 하지 못하고 제자리에서 날뛰며 도움을 요청했지만, 다른 리머 여우원숭이들도 새끼를 돕지 못했다. 새끼는 너무 멀리 있었다. 어미의 얼굴에 두려움이 스쳤다.

미칼은 그들을 보며 입을 열었다.

"이를 어쩌죠?"

이슨이 대답했다.

"그물망을 만들어서 받는 거 어때요? 저 새끼 원숭이가 밑으로 떨어질 때 우리가 받아주는 거죠."

"하지만 그물이 없잖아요."

그녀의 말에 닐라가 입고 있던 셔츠를 벗었다.

"비비안?"

닐라가 안에 입고 있던 옷을 정리하며 말했다.

"아, 저 옷 하나 더 입고 있어요. 이 옷은 오래되었기도 해서……. 벗어도 돼요."

그녀는 손에 들고 있던 옷을 찢어 넓게 폈다. 넓게 펴진 옷을 그들은 함께 나누어 잡았다.

새끼 여우원숭이는 계속해서 버둥거렸다. 손이 미끄러져 가는 것이 보였다.

"오, 이런."

녀석이 떨어졌다. 그들은 새끼 여우원숭이가 바닥에 떨어지기 전에 구해야 한다는 생각에 서둘러 뛰었다.

그들의 머리 위에서 다른 리머 여우원숭이들이 소리쳤다. 어미는 새끼에게 손을 뻗고 있다가 튀어나온 나무껍질을 밟고 밑으로 내려왔다.

큰 소리와 함께 새끼 여우원숭이가 떨어졌다. 그들의 품속으로. 새끼는 닐라가 찢어 펼쳐둔 그물망 같은 것에 안전하게 착지했다. 녀석은 당황한 채 울며 옷 속에서 빠져나가려 발버둥 쳤다.

그들은 참았던 숨을 내쉬며 새끼를 바닥에 내려놓아 주었다. 밑으로 내려온 어미와 다른 동료 원숭이들이 새끼를 껴안았다. 그들은 조용히 자리를 비켜주었다.

"다행이에요."

미칼이 이마에 송글송글 맺힌 땀을 손등으로 닦아내며 말했다.

"그러게요. 저 녀석이 다른 곳으로 떨어졌다면……. 생각하고 싶지도 않네요."

닐라가 몸서리쳤다.

샬롯이 어미의 품에 안겨있는 새끼 원숭이에게 달려왔다. 그녀의 뒤로 스콧이 그들에게 다가왔다.

"무슨 일 있었어요? 소란스러워서."

스콧이 허리를 숙여 손으로 무릎을 짚으며 숨을 헐떡였다.

닐라는 안심하라는 듯이 대답했다.

"새끼 원숭이가 저 위에서 떨어졌어요. 어미의 품에서 빠져나와 놀다가 미끄러졌나 봐요. 떨어지던 녀석을 우리가 받았어요."

이슨이 찢어진 그녀의 옷을 흔들어 보여주었다.

"어, 누구의 옷이죠?"

스콧이 그들의 옷을 훑어보았다.

"아, 당신의 옷이군요, 비비안. 옷이 망가졌는데……, 괜찮아요?"

닐라는 빙그레 웃음을 지었다.

"그럼요. 어린 생명을 살렸으니 그거면 충분해요."

스콧이 고개를 푹 숙이고 중얼거렸다.

"다들 미안해요. 제가 샬롯과 놀다가 이 사태를 돕지 못했네요. 저도 함께 도왔어야 하는 건데."

미칼이 축 처진 그녀의 어깨에 손을 올렸다. 그녀의 목소리가 다정했다.

"괜찮아요. 샬롯을 오랜만에 만났으니 반가웠겠죠. 항상 볼 수 있는 녀석도 아니고. 당신에겐 가족 같을 거 아녜요. 내 말 맞죠? 그리고 오는 길에 당신의 도움을 받았는걸요. 그러니 미안해하지 말아요. 알겠죠?"

미칼의 위로에 스콧이 살며시 웃었다.

그녀의 옆에서 끽끽거리는 울음소리가 들려왔다. 닐라는 고개를 돌렸다.

두꺼운 나뭇가지에서 새끼를 품에 꼭 안고 있는 어미 리머 여우원숭이가 매력적인 꼬리를 말고 앉아있었다. 새끼는 어미의 품에서 휴식을 취하고 있는 듯 보였다. 어미의 연한 호박색 그녀의 눈을 응시했다. 녀석은 그녀에게서 다른 이들로 눈을 옮겼다. 그리고 다시 그녀를 바라보았다. 가넷을 보았을 때처럼 녀석에게 빨려 들어갈 것만 같은 느낌이 들었다.

닐라는 살며시 손을 내밀었다. 녀석은 고개를 갸웃거리며 그녀의 손을 보다가 몸을 숙여 그녀의 얇은 손가락에 촉촉한 코를 맞대었다. 닐라는 피식 웃었다. 녀석의 눈이 우주에 있는 은하수처럼 빛났다.

다른 사람들이 그녀를 빤히 바라보고 있다는 것이 느껴졌다. 닐라는 손을 내리고 그들을 보았다. 그들은 놀랍다는 표정을 짓고 있었다.

닐라가 조용히 인사를 건넸다.

"아가, 이젠 떨어지지 말고 어미의 곁에 꼭 붙어있어야 해. 너도 잘 있고."

닐라의 말에 새끼와 어미가 그녀를 바라보았다. 그녀의 말을 알아들었다는 눈빛이다.

그녀는 미칼에게 걸어갔다.

"정말 놀라워요. 어떻게 그들을 다룬 거죠?"

닐라는 다시 뒤를 돌아보았다. 어미는 새끼를 데리고 나무 위로 올라가 다정하게 털을 골라주고 있었다. 닐라는 다시 미칼과 눈을 맞추고 대답했다.

"그러게요. 저도 모르겠어요."

웃음이 새어 나왔다.

뒤에서 이슨의 헛기침 소리가 들렸다.

"이제 가죠? 할 일은 다 한 것 같네요. 피곤한 하루였어요."

그는 가장 먼저 뒤를 돌아왔던 길로 걸어갔다. 뒤이어 미칼이 그를 따라갔다. 걸음을 옮기려던 스콧에게 닐라는 웃으며 다정히 말을 건넸다.

"샬롯은 당신을 사랑하는 것 같아요. 그리고 오는 일에 대해 신경 쓰지 말아요, 스콧."

스콧은 그녀의 말에 아무 말도 하지 못하고 그녀의 눈을 바라보았다.

"이제, 가요."

닐라는 그녀를 떠밀었다. 스콧을 하는 수 없이 간다는 듯 미세하게 웃으며 걸음을 옮겼다. 하지만 닐라는 걸음을 옮기지 않았다. 그녀는 가넷에게 돌아가야 한다.

닐라는 그녀에게 불어오는 바람을 느끼며 지그시 눈을 감았다. 바람의 기분이 좋아 보였다. 하지만 그리움이 느껴졌다.

이유가 무엇일까.

인간에게 남은 기회

가넷이 그녀의 앞에서 아름다운 자태를 뽐내며 서 있다. 그녀는 가르랑거리며 닐라의 다리에 머리를 박았다.

"이번에도 날 믿어주었어."

닐라의 말에 가넷이 식탁 위로 뛰어오르며 말했다.

"정말요? 흐음, 역시 당신이 선택받길 잘한 것 같아요."

그녀는 검은 고양이의 말에 웃음을 지었다.

가넷이 그녀를 빤히 바라보았다. 그녀의 붉은 눈이 빛났다.

"닐라 비비안. 고마워요."

닐라가 당황해서 그녀를 바라봤다. 분위기가 이상했다. 평소와 달랐다. 무언가 변화가 생겼다.

"당신을 만나서 기뻤어요. 무척이나요. 닐라. 임무를 잘 수행해 주어서 고마워요. 진심이에요."

닐라의 눈동자가 떨렸다. 그녀의 몸이 떨렸다. 이대로 끝이야? 닐라는 가넷에게 천천히 다가갔다.

"가넷. 이게 무슨……."

가넷이 꼬리를 튕겼다.

"나 이제 사라져요. 당장은 아니지만요. 며칠 후에 사라질 거예요. 이제 끝났어요, 닐라."

그녀가 바라던 것이다. 이 일을 끝내는 것. 가능한, 빠르게 이 일을 끝내고 일상으로 돌아오는 것. 이토록 바라던 일이 다가온 것이다. 다가왔다고.

하지만 왜 기쁘지 않을까. 그녀는 이 일이 끝나기를 기다리고 또 기다렸다. 그녀가 선택된 것에 대한 믿음이 없었기도 했다.

하지만…….

하지만, 왜 지금인 걸까.

닐라는 이 일을 하면서 행복을 느꼈다. 늘 실패하던 시험에서 떨어진 슬픔. 반복적인 삶에 대한 무료함. 그 감정을 잊게 해 주었다. 사람들과 나누는 대화에 있는 즐거움과 위험에 처한 생물을 구하는 것에서 느낀 뿌듯함은 잊을 수가 없었다.

그녀는 다 끝났다는 말을 믿을 수가 없었다.

"가넷……. 넌 두렵지 않아?"

가넷이 물었다.

"뭐가요?"

"사라지는 것."

붉은 눈을 아름답게 반짝이는 암고양이는 수염을 까딱였다.

"두려워요. 이 세상에서 사라지는 것이 두렵지 않다고 느끼는 생명체가 과연 있을까요?"

가넷이 가르랑거리는 울음소리를 냈다. 그녀의 눈동자가 닐라의 눈을 똑바로 응시했다.

"하지만 그들은 이 두려움을 항상 느끼잖아요. 그래서 난 두렵지 않아요. 그들의 고통에 비하면 약과니까."

그들이라고? 그들이 누굴까?

닐라는 생각했다. 그들은 멸종 위기 동물들일 것이다. 그녀는 그렇게 짐작했다. 그들은 항상 개체수가 사라지는 것에 두려움을 느낄 것이다. 오늘은 자신일 수도 있으니까. 내일은 나의 가족일 수도 있으니까. 서식지가 파괴되고 먹이가 부족해진다.

그렇게 그들은……. 사라진다.

"닐라. 이 일은 끝났어요. 하지만 당신에게는 아직 할 일이 있어요. 내일. 바로 내일 이곳에서 연설회가 열려요. 페티 동물원에서. 많은 기자들과 사람들, 생물학자들도 오는 큰 행사가 될 거예요. 나의 마지막 선물이죠. 그곳에서 연설을 하세요. 사람들에게 그들의 존재를 알려주세요. 알겠죠?"

닐라는 멍한 얼굴로 그녀를 바라보았다.

가넷의 눈이 열정으로 이글거렸다. 그녀의 눈에 피어난 열정은 마치 차가운 빙하에 있는 불꽃처럼 보였다. 무언가를 깨려는 듯한 불꽃.

닐라는 고개를 끄덕였다.

"마지막 선물이라……. 알겠어. 약속해. 난 약속은 꼭 지키니까."

그녀는 한숨을 내쉬었다.

"가넷. 나도 고마웠어. 네 덕분에 좋은 경험을 했어."

가넷이 가르랑거렸다.

"이제 가요. 당신이 할 일을 하세요. 이곳은 사라질 거니까. 하지만 내가 사라지기 전까지는 당신을 지켜볼 겁니다."

그녀는 닐라에게 다가왔다. 그리고 이마를 맞대었다.

기분이 이상했다. 속이 울렁거렸다. 하지만 가넷의 얼굴을 보고 웃었다. 그녀는 문을 열었다.

그리고 그곳을 나왔다.

하늘에 주황빛 물이 들었다. 상쾌한 바람에 그녀의 밝은 금발 머리카락을 휘날렸다. 문 앞에 빗자루 하나가 놓여있었다. 그녀는 뒤를 돌아 문을 바라보았다. 이제는 들어갈 수 없는 곳. 사라지게 될 곳.

닐라는 가방을 단단히 메고 빗자루를 손에 들었다. 내일이 오길 기다리며 걸음을 옮기며 낙엽을 쓸었다.

◊ ◊ ◊ ◊

다음 날, 닐라는 페티 동물원으로 왔다. 가넷과의 약속을 지키러. 이곳에서 연설을 하기로 약속했다.

닐라는 가넷의 거처가 있던 곳으로 걸어갔다. 그곳은 사라져 있었고 그 대신 나무로 된 무대가 있었다. 이른 시간이었지만, 꽤 많은 사람들이 있었다. 사람들은 분주하게 움직였다.

그녀는 떨리는 마음을 진정시키려 보온병에 담긴 물을 홀짝거렸다. 목이 잠겼다.

사람들의 연설이 시작되었다. 마이크를 통해서 연설자들의 목소리가 울렸다. 닐라는 지정된 자리에 앉아 그들의 말에 집중했다. 동물 실험을 반대한다는 사람. 동물원을 없애자는 사람 등. 많은 이들이 연설을 했다.

그녀의 차례가 왔다. 닐라는 떨리는 손을 다른 손으로 잡았다. 그녀의 손이 너무 떨려 마이크를 떨구지 않기를 바라는 마음이었다. 수많은 사람들 속에서 창피를 당하긴 싫었다.

닐라는 무대 위로 올랐다. 그녀의 말을 신문에 실으려는 기자들이 그녀는 응시했다. 그녀는 무거운 숨을 내쉬고 마이크를 잡았다. 떨렸다.

"안녕하세요. 우선 제 소개를 해볼게요. 저는 닐라 비비안입니다. 스물여섯이고 생물학을 전공했어요.

으음, 제가 여러분께 전하고 싶은 말이 있어서 이곳에 서게 되었습니다. 우리가 지켜야 할 존재들에 대해서요. 저는 지금까지 살아오면서 정말 많은 생명들에 위험에 처해있다는 것을 인지

하지 못했어요. 그들이 도움이 필요하다면 누군가가 돕겠지, 그런 식으로 생각하고 무시했던 것 같아요. 하지만 그 생각은 잘못된 것이더라고요.

우리가 알고 있는 유명한 멸종 위기 생명들은 판다, 아프리카 코끼리, 코알라, 북극곰 등이지요. 하지만 우리가 알지 못하던, 다양한 생물들도 이러한 위기에 처해있어요. 그 이유는 다들 알고 있을 겁니다. 환경과 서식지 파괴. 무분별한 포획과 불법 사냥. 기후 위기. 이러한 이유가 그들에게 치명적인 위협을 가하고 있어요."

떨리던 손은 평정심을 되찾았다. 그녀의 눈이 반짝였다. 긴장되지도 두렵지도 않았다. 그저 그들의 삶에 대해 알리고 싶을 뿐이었다. 닐라의 목소리가 당당했다.

"이들이 사라지면 어떻게 될까요? 나와는 상관없는 일이라고 생각할까요? 우리는 그저 안전할 거라고, 행복할까요? 전 그렇게 생각하지 않습니다. 그들과 인간에게는 연결고리가 있습니다. 예를 들어볼게요. 꿀벌이요. 녀석들은 꽃가루를 퍼뜨려 줍니다. 그들로 인해서 식물들이 번식되죠. 우리는 그들에게 달콤한 꿀만을 얻는 것이 아니라 조화로운 생태계까지 선물받고 있습니다. 인간과 동물의 관계는 밀접하게 연관되어 있죠.

최근, 동물 보호 단체들이 그들을 위해서 다양한 활동을 하고 있습니다. 산불로부터 코알라를 보호하는 단체처럼."

그녀의 머리에 블레이즈의 모습이 스쳤다. 그들의 모습이 머릿속에 스치자, 그녀는 자신감이 더 생기는 느낌이 들었다. 닐라는 목소리를 더 키웠다.

"그러한 보호 단체들은 그들의 서식지를 확보하는 등 많은 성공을 이루었습니다. 또한 다친 동물들을 치료해 주고 먹이를 제공해 주었죠.

여러분은 우리가 그들을 지키기 위해서 할 수 있는 일이 얼마나 될 거라고 생각하나요? 그들을 보호하고 개체수를 유지하거나 늘릴 수 있는 일은 생각보다 많습니다. 지구 온난화를 막기 위해 분리배출을 실행하고 재활용을 할 수도 있죠. 또는 자원봉사, 기부, 동물 보호 단체와의 협력도 우리가 할 수 있는 일들입니다.

저는 며칠간 뜻깊은 일을 겪었어요. 위기에 처한 생명을 구하고 도왔죠. 그걸 하면서 문득 행복함을 느꼈어요. 그 이유는 떳떳이 말할 수 있죠. 그들을 구하는 것에 대한 뿌듯함과 그들이 우리의 삶에 함께여야 인류도 행복할 수 있으니까요.

뭐, 지금 시작하기엔 늦었죠. 많이 늦었어요. 하지만 지금이라도 하면 가능성은 있어요. 기후 위기를 바로 잡고 환경을 개선하고, 그들을 돕는 것. 몇 달이, 몇 년이 걸릴 수 있어요. 아주 오래 걸리겠죠. 하지만 한 명이 아닌 우리가 함께한다면 그들을 도울 수 있지 않을까요? 그들의 삶에 두려움이 아닌 행복을 줄 수 있지 않을까요? 우리에게 남은 마지막 기회니까. 인간에게 주어진 마지막 희망이니까. 우리가 함께 손을 잡고 그들을 지켜주는 것.

그것만큼 뜻깊은 일은 없을 겁니다.

저의 연설을 들어주셔서 감사해요. 여러분의 가슴에 새겨놓으시길 바랍니다. 마지막일지도 모르는 인간에게 남은 기회에 대해서."

닐라는 마이크를 거치대에 꽂았다. 경쾌한 울림소리가 났다. 그녀는 청중들에게 인사를 건넸다. 박수 소리가 들렸다. 닐라는 고개를 들고 사람들을 살펴보았다.

그 사이에 있는 익숙한 그림자.

붉은 눈을 가진 검은 고양이.

나의 삶을 바꿔준 고양이.

가넷.

그녀는 나뭇가지에 올라가 닐라를 바라보고 있었다. 가넷의 붉은 눈이 만족스럽게 반짝였다.

닐라는 환하게 웃었다. 그녀는 약속을 지켰다. 가넷과의 약속을 지켰다. 하지만 이제 시작일지도 모르겠다. 그들을 지켜야 한다는 약속. 아직도 알려지지 않은 곳에서 그녀의 손길을 기다리는 생명들을 위해서 노력해야 한다.

마지막 기회니까.

닐라가 무대에서 내려오자 한 여자가 다가왔다.

"반가워요. 닐라 비비안이라 했죠? 연설이 뜻깊어서 신문에 실으려고요. 아, 참. 소개가 늦었네요. 난 캐서린이에요. 그냥 캐서린. 본명은 아니지만요."

자신을 캐서린이라고 소개한 여자가 잇몸을 보이며 웃었다.

"이건 명함이에요. 받아줘요. 신문에 실으면 연락할게요. 괜찮죠, 비비안?"

그녀는 웃으며 고개를 끄덕였다.

하얀 명함에 캐서린의 이름이 적혀있었다. 닐라는 그것을 주머니 속에 넣었다.

신문에 그녀의 연설이 실리다니. 그렇게 되면 많은 이들이 그녀의 뜻을 알 수 있을 거다. 그들도 위험에 처한, 지구상에서 사라지고 있는 생물들을 구하는 것에 동참하겠지.

닐라는 가넷이 있던 나무를 바라보았다. 가넷은 없었다. 사라진 걸까. 닐라는 가방 속을 뒤적여 그녀가 남기고 간 털실 뭉치를 꺼냈다.

'고마웠어, 가넷. 새로운 약속도 지킬 거야.'

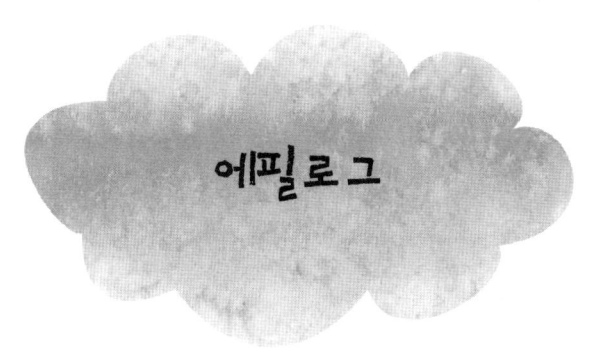

에필로그

신비로운 일이 있고 난 지 2달이 지났다. 그녀는 여전히 그날의 일들을 잊지 못했다. 그 신비한 일을 잊을 수 있는 사람이 있을까? 아마 없을 것이다.

비록 그녀가 만났던 사람들은 그녀가 그곳에 있었다는 사실, 그녀의 존재를 잊을 것이다. 하지만 닐라는 기억한다. 그곳에서 무슨 일이 있었는지, 누구를 만났는지, 무슨 대화를 나누었는지. 세세한 일들까지 전부 생생히 기억하고 있었다.

이제 붉은 눈을 가진 검은 암고양이인 가넷을 만날 수는 없을 것이다. 믿을 수 없는 일이 일어났던 가넷의 거처도 마찬가지다. 그도 만날 수 없을 거다. 그녀가 사랑했던 사람. 카일. 그는 그녀의 존재를 모를 테니까.

💧💧💧💧

연설을 하고 난 후에 그녀는 생물 연구원이 되었다. 그녀의 연설이 지역 신문에 실리고 나서 한 연구 소장님이 그 신문을 보게 되었다. 그리고 나서 닐라를 그곳의 연구원으로 초대하였다. 그녀가 원래 일하던 페티 동물원은 일주일에 두어 번 정도 오고 있다. 이곳에 있는 동물들이 그리울 것 같아서 떠나지 못했다. 신비로웠던 그곳과 가넷도 그리워서.

요즘 닐라는 목도리를 만들고 있다. 가넷의 붉은 털실로. 그 털실은 매우 보드라웠다. 그녀의 타오르던 눈 같기도 했다.

그녀는 페티 동물원에 놓여있는 철제 의자에 걸터앉았다. 닐라는 한 땀 한 땀 정성스럽게 뜨개질을 했다. 끝이 보였다. 두꺼웠던 털 뭉치는 너덜거리기 시작했다. 실을 늘리려 털실 뭉치를 손으로 움켜잡았다. 딱딱한 무언가가 들어있는 것 같은 느낌이 났다. 닐라는 그것을 빤히 쳐다보다가 너덜거리는 털실 뭉치의 사이를 벌렸다. 그 물체가 눈에 보이자, 그녀는 얼굴에 살며시 미소를 띠었다.

투명하게 빛나는 붉은 돌.

이것이 가넷의 선물이었나 보다. 그녀는 가넷의 눈동자를 닮은 돌을 손으로 문질렀다.
"이거구나. 아름답다."

닐라는 그녀의 선물을 한참 동안 바라보았다. 처음에는 가넷이 두려웠다. 액자 속에서 고양이가 튀어나왔다면 누가 그녀의 말을 믿겠는가. 하지만 시간이 지나면서 닐라는 가넷과 함께여서 즐거웠다. 그녀는 닐라에게 소중한 추억을 만들어 주었다.

바람에 그녀의 웨이브 진 머리카락을 휘날렸다. 닐라는 가방 속에 돌을 고이 넣어두고 하늘을 올려다보았다. 파란 하늘이 예뻤다. 좋은 일이 생길 것 같은 느낌이 들었다.

그녀는 하다 만 뜨개질을 계속했다. 목도리가 점차 완성되었다. 닐라는 완성된 목도리를 목에 감았다. 가넷이 옆에 있는 것 같은 느낌이었다.

닐라는 자리에서 벌떡 일어났다. 다시 하던 일을 해야지. 그녀는 빗자루를 들고 산책로를 터벅터벅 걸었다. 따뜻한 햇볕이 동물원을 비추었다.

그때였다.

익숙한 뒷모습이 보였다. 검은 머리카락과 큰 키, 각진 턱까지. 그녀가 그리워하던 사람이다.

닐라는 빠르게 그에게 다가갔다. 그가 맞는지 확인하고 싶었다. 이곳에 온 이유도.

'이곳에 왜……'

에필로그

그녀는 그의 앞을 추월해서 어깨 너머로 그의 얼굴을 바라보았다. 그가 맞았다.

"카일."

닐라가 속삭였다. 기뻤다. 하지만 당황스러웠다.

그녀는 걸음 속도를 늦추었다. 카일과 그녀 사이의 거리가 줄어들었다. 그에게 말을 걸고 싶었다.

그의 목소리가 들렸다.

"저기요."

닐라는 자신을 부른 것인지, 다른 사람을 부른 것인지 헷갈려서 뒤를 돌아보지 않았다. 그가 닐라의 손목을 잡기까지는 말이다.

카일이 방긋 웃었다.

"저기요. 당신을 부른 거였어요. 음……. 우리 어디서 본 적 있지 않아요?"

닐라는 놀라서 입이 떡 벌어졌다. 그녀에 대한 기억은 사람들의 머릿속에서 사라진다고 했는데. 어떻게 그녀를 알아본 거지?

"도대체……."

닐라는 중얼거렸다.

"아, 놀라셨나요? 그렇다면 죄송해요. 제가 전에 만났던 사람과 비슷해서요. 이름과 얼굴은 잊었지만요. 당신과 비슷하네요. 제 꿈이었을 지도 모르지만. 맞아요, 꿈을 꿨을지도 모르겠네요."

그가 머리를 긁적였다.

"함께 수영했죠. 신비로운 생명체도 만났어요."

닐라는 한 걸음 물러났다.

'가넷이 날 기억하지 못한다고 했는데……? 이게 무슨……. 카일이 어떻게 날 기억하는 거지?'

그녀가 대답하지 않자 카일이 쭈뼛거렸다.

"아, 제가 착각했나 봐요."

그가 멋쩍은 듯이 웃었다.

"그럼, 이만."

카일이 떠나려 하자 닐라가 서둘러 입을 열었다.

"아뇨! 어……, 미쳤다 생각할 수도 있지만, 그건 실제로 있었던 일이에요. 우리는 바키타를 만났죠. 다른 동료도 함께였고. 거기서 바키타 어미와 새끼를 도와주었어요. 맞죠? 당신의 기억이 맞아요. 난 닐라 비비안이에요. 카일."

카일이 소리 내어 웃었다.

"제 이름을 아시네요. 내가 겪은 일이 실제였네요. 꿈인 줄만 알았어요. 공상에 빠져있는 줄 알았거든요. 그래서 다른 사람들에게 말하지도 못했어요. 제가 실제로 겪은 일이라니……. 하지만 왜 기억이 흐려진 걸까요?"

그녀는 대답하지 않고 고개만 저었다. 이유를 말할 수 없었다.

카일은 고개를 끄덕였다.

그를 만났다. 그녀를 잊었던 그가 그녀를 알아봤다. 이유가 뭐지? 닐라는 가만히 그를 바라보았다.

"내가 번호를 달라고 했었던 것 같은데. 맞나요?"

닐라는 희미하게 웃음을 지었다.

"드릴게요."

그녀는 그의 휴대전활 건네받았다. 번호를 저장한 닐라는 피식 웃었다.

"카페라도 갈까요?"

닐라는 동의했다.

그녀는 카일과 그때의 일에 대한 이야기를 나누었다. 카일이 기억하고 있다니 놀라웠다.

닐라는 다음번에 그와 함께 위험에 처한 동물들을 구하러 가자고 약속했다. 카일도 흔쾌히 동의했다. 그는 다시 바키타를 보러 가자고 말했다. 어미와 새끼가 잘 살아가고 있는지 다시 확인하고 싶다고 했다. 닐라는 그의 말에 웃음을 지었다.

가넷과 한 마지막 약속을 그와 함께 지킬 수 있게 되어 마음속 뜨거운 무언가가 더욱 피어올랐다.

그녀는 지구에서 사라져 가는 동물들을 구해야 하니까.

더 이상의 생명이 사라지지 않도록.

그들이 위협에 두려워하지 않도록.

행복하도록.

늘 닐라는 그들과 함께일 것이다.

작가의 말

 안녕하세요, 『Nyla: 닐라』의 저자 노아윤 입니다. 저는 책을 읽거나 글을 쓰는 것을 좋아하는 중학생입니다. 항상 다양한 글을 썼었는데 완성시키지는 못했습니다. 그리고 이 글이 제가 처음으로 완성시킨 글입니다.

 저는 동물을 좋아합니다. 어렸을 때부터 무언가를 키우는 것을 무척 좋아했습니다. 밖에 사마귀 유충이 있으면 잡아 와 이름을 지어주고 키우면서 녀석들이 탈피를 하면 그 껍질을 가져와 공책에 붙여 기록하기도 했죠.

 이 글을 쓰기 위해서 제가 알지 못하는 동물들에 대해 찾아보아야 했습니다. 그 지역 사람들이 이름을 어떻게 짓는지. 그곳의 환경은 어떠한지도 알아보아야 했습니다. 생각이 잘 나지 않을 때는 저의 집에 살고 있는 물고기들과 대화를 나누었습니다. 그러면 순간 머릿속에 번뜩이는 단어들이 꽃을 피우곤 했습니다.

이 책을 쓰게 된 이유는 한 가지입니다. 지구상에서 살아가는 생명들이 사라진다는 것을 사람들에게 알리고 싶어서입니다. 정확하지는 않지만, 평균 하루에 수백 종의 생물들이 지구에서 사라지고 있을 것입니다. 그것을 인지하면서도 아무것도 하지 않는 사람들이 대부분이죠. 인간과 다른 종들은 밀접하게 연결되어 있다는 걸 알고 계시나요? 책 내용에 있듯이 동물들이 사라지면 인간에게도 큰 영향을 미칩니다.

지구 온난화로 기온이 상승하여 생물들이 거처를 잃고, 환경오염으로 서식지 파괴와 질병, 먹이까지 부족해집니다. 인간에게 피해를 주지 않은 생명들이 인간으로 인하여 피해를 받고 있다는 사실이 너무 슬펐습니다. 그리고 그들은 인간에게 받은 피해를 인간으로부터 도움을 받게 되죠. 이러한 현실이 마음에 들지 않았습니다.

우리에게 남은 시간은 별로 없다고 합니다. 몇 년, 몇백 년. 또는 그보다 훨씬 걸릴 수도 있습니다. 그렇다고 가만히 있을 수는 없습니다. 그러니 우리는 작은 일부터 실천해야 합니다. 재활용을 하고, 일회용품 사용을 줄이고, 불필요한 소비를 없애는 것. 멸종되어 가는 생물들에게 관심을 가지는 것. 그 정도는 할 수 있지 않을까요? 지금 우리가 무심코 지나가는 시간이 그들을 지킬 수 있는 마지막 시간일 지도 모릅니다.

살아있는 생명들이 지구에서 행복하게 살아갈 수 있는 날이 오길.

소중한 생명들이 없어지는 것을 막기 위해 우리 모두 노력하길 바라는 마음입니다.

제가 이 책을 다 쓰기까지 옆에서 도와주고 응원해 준 가족에게 고마움을 전합니다.

『Nyla: 닐라』에 관심을 가져주신 분들께 감사를 전합니다.

2025. 02. 08. 노아윤 드림
더 이상의 생명이
고통받지 않기를 바라며

Nyla
닐라

초판 1쇄 발행 2025. 4. 23.

지은이 노아윤
펴낸이 김병호
펴낸곳 주식회사 바른북스

편집진행 박하연
디자인 양헌경

등록 2019년 4월 3일 제2019-000040호
주소 서울시 성동구 연무장5길 9-16, 301호 (성수동2가, 블루스톤타워)
대표전화 070-7857-9719 | **경영지원** 02-3409-9719 | **팩스** 070-7610-9820

•바른북스는 여러분의 다양한 아이디어와 원고 투고를 설레는 마음으로 기다리고 있습니다.

이메일 barunbooks21@naver.com | **원고투고** barunbooks21@naver.com
홈페이지 www.barunbooks.com | **공식 블로그** blog.naver.com/barunbooks7
공식 포스트 post.naver.com/barunbooks7 | **페이스북** facebook.com/barunbooks7

ⓒ 노아윤, 2025
ISBN 979-11-7263-329-5 03810

•파본이나 잘못된 책은 구입하신 곳에서 교환해드립니다.
•이 책은 저작권법에 따라 보호를 받는 저작물이므로 무단전재 및 복제를 금지하며,
이 책 내용의 전부 및 일부를 이용하려면 반드시 저작권자와 도서출판 바른북스의 서면동의를 받아야 합니다.